dear+ novel
wakareru riyuu・・・・・・・

別れる理由

安西リカ

新書館ディアプラス文庫

別れる理由

contents

illustration：暮田マキネ

別れる理由
WAKARERU RIYUU

1

建材置き場から社屋《しゃおく》に戻る途中、雪の残る駐車場に見慣れない車が停まっているのに気がついた。

園田《そのだ》はサンプル資材の入った作業バッグを揺すり上げ、ああ今日からだったか、と足を止めた。クリーム色の軽自動車は「わ」ナンバーで、田舎暮らしに絶対必要な足を調達するだけの時間がなかったようだ。

親会社から園田の「上司」になる男が年内の任期でやってくると聞いたのは、年始の挨拶《あいさつ》が終わってすぐだった。

「急なんだけどね、園田君が一番年が近いようだし、なんといってもキミはウチのエースだから、しばらく補佐についていてほしいんだよ」

エースだから補佐、というロジックについての疑問は置いておいて、園田は「わかりました」といつものように快諾《かいだく》した。どうせ断れないことなら気持ちよく受け入れるほうがいいに決まっている。

社員十数名の零細《れいさい》企業「菅原《すがわら》スチール販売会社」は、昨年東京に本社を置く大手商社の子会社になった。園田が中途採用されたときには既定路線になっていて経緯《けいい》はよく知らないままだが、すでに本社とのシステム統合は終わり、経理部門とのすり合わせや営業実績の吸い上げなどで本社から人が来る、ということは聞かされていた。

「定年前のおじさんが来るんだとばかり思ってたけど、若い人みたい」

経理の女性が少し興味を持っていたが、他の社員はみな浮かない様子だった。菅原スチールの販売実績は数年前からゆるやかな右肩下がりを続けており、大手様の丈夫な傘の下に入れたのはありがたいが、面倒くさそうな「業務刷新《さっしん》」や「効率化推進《すいしん》」には気乗りしない、というのが本音のようだ。園田自身はさほど抵抗がない。この職場に来て一年足らずだが、自分なりに環境を整えたので大幅な変更はなければいいなとは思うものの、そうなったときはそうなったときのことだと達観《たっかん》していた。

園田の座右の銘《めい》は「上善《じょうぜん》は水のごとし」だ。清らかな水のように何事にも執着せず、なるようになるさで淡々と過ごすことを人生のモットーとしていた。

「あっ、園田君、園田君」

三階建ての社屋の外階段を上がって事務所のドアを開けると、さっそく専務に手招きされた。

菅原スチールは家族経営で、経営陣は全員菅原姓だ。朝礼の時間までまだ少しあったが、事務所にはもう全員が顔を揃えていた。

「すみません。見積もりを出すのにサンプルが必要で、取りに行っていました」

「うん、ご苦労さん。あのね、さっき藤木《ふじき》君——藤木次長が来てね、今社長と話してる」

専務がちらりと事務所の奥にある応接室のほうに目をやった。

「若い人だからいろいろ「違う」みたいだけど、まあ園田君なら大丈夫。朝礼が終わったら紹介するからね」

言い終わらないうちに応接室のドアが開いた。すらりとした長身の若い男が姿を見せる。事務所にいた全員がいっせいに注目した。

これはまたえらいイケメンが来たもんだな――というのが彼に対する園田の第一印象だった。専務の「いろいろ違う」という発言にはあまりいい意味は含まれていないようだったが、少なくとも外見は抜群《ばつぐん》だ。

すっきりした鼻梁《びりょう》や綺麗な二重《ふたえ》、厚めの唇も形がよく、男らしくも華やかな顔立ちだ。そして細身のスーツが素晴らしく似合っている。

菅原スチールの男性陣は基本的に作業着を着用している。園田もスーツを着るのは得意先への挨拶のときくらいだ。それだけに彼のスーツ姿は垢《あか》ぬけて見えた。チャコールグレーのシングルスーツにボルドーのストライプタイで、髪はすっきりとしたビジネスショートに整えている。若いとは聞いていたが、園田の予想よりさらに若かった。それでいて頼りなさは微塵《みじん》もない。むしろ堂々としていて、目が合って園田は思わず背筋を伸ばした。

藤木のくっきりとした二重が、園田を捉《とら》えて一度瞬《まばた》きをした。

地方の中小企業の例にもれず菅原スチールも社員の高齢化が進んでおり、三十になったばか

りの園田はそれだけで目立つ。藤木の目についたのはそのせいだろう。よろしくお願いします

の気持ちをこめて、園田は軽く目礼《もくれい》をした。

「あー、みんな揃ってるね」

彼の後ろから社長が出てきて藤木の視線が逸《そ》れ、そのまま朝礼が始まった。

「以前話したと思うけど、こちらが本社関東営業部から出向《しゅっこう》してきた、藤木君です」

藤木はほぼ無表情で軽く頭を下げた。クールな顔立ちと長身のせいもあり、どこかふてぶてしい。

「藤木です。御覧《ごらん》のとおりの若輩者《じゃくはいもの》で、なにかとご迷惑をおかけするかと思いますが、よろしくお願いします」

毒にも薬にもならない定型の挨拶だが、口調がぶっきらぼうなので無駄に挑戦的だ。事務所の空気がうっすら曇《くも》り、苦労性の専務が「いやーこちらこそよろしくね」と明るい声でフォローを試《こころ》みたが不発に終わった。気の毒だ。

そのあと各部署から簡単な報告と連絡があって朝礼は終了した。

「園田君、ちょっといい？」

すぐ専務に手招きされ、園田は癖のありそうな年下上司に近づいた。

「こちらが営業の園田君です。当面、彼が次長のサポートをすることになっていますので」

「園田です。よろしくお願いします」

笑うと頬にえくぼができて可愛い——二年前につき合っていた彼女によく言われたが、三十になってのそれは絶対誉め言葉じゃないよなと変なタイミングで思い出しつつ、園田は笑顔を浮かべた。中肉中背《ちゅうにくちゅうぜい》でとくに目立つ部分はないが、のんびりした中身が洩《も》れ出すのか、話しやすそうな人、とよく言われる。が、はたして東京からやって来た気難しそうな年下上司にも通じるだろうか。園田はやや及び腰で藤木の反応をうかがった。

「こちらこそ、お世話になります。藤木瞬《しゅん》です」

意外にも藤木はいきなり快活《かいかつ》な笑顔を浮かべてフルネームを名乗った。身構えていたので内心驚いたが、横にいた専務も「あれ?」と藤木のほうを見やった。

「えーと、それじゃさっそく一回り会社の案内してさしあげて」

促《うなが》されて園田は藤木と一緒に事務所を出た。暖房の利《き》いた事務所から出ると刺すような冷気が襲ってきて、藤木が急いでコートを羽織《はお》った。

「こっちはやっぱり雪すごいんですか?」

外階段の端に残っている雪に目を止めて、先に藤木が話しかけてきた。第一印象とはまったく違う気さくな物言いだ。直接サポートにつく社員にはさすがに少しは気を遣っているのかもしれないし、他の社員はみな一回り以上年上なので、三十とはいえまだ若手のくくりに入る自分に親しみを感じてくれているのかもしれない。

「いえ、ここらあたりはそうでもないです。もうちょっと山のほうだと大変ですが。寒いのは苦手ですか？」

「いや、雪が心配で。雪道運転したことないから」

「すぐ慣れますよ」

「だといいんですが」

なにげない会話だが、園田とうまくやっていきたいという意思を感じて、ひとまず園田はほっとした。

建材置き場と作業棟を案内し、ついでにパート従業員を紹介した。工場からの直接配送が基本だが、小ロットの特殊加工製品だけは下請《したう》けに出さず、作業棟で加工している。

「へ、次長さん？」

パートの男性三人は全員元気なシニアで、都会の匂いのする藤木に興味津々《しんしん》で取り囲んだ。

「次長ってなんだ。二番目か」

「二番目は副社長じゃないんか」

「本社の職位《しょくい》がこちらとはちょっと違っていまして」

無遠慮な質問に藤木の口調がやや平坦になった。どうも気持ちがそのまま表に出るタイプのようだ。

「あー本社」

「ここ、子会社になったんだったわ」

「社長は社長のまんま？」

「はい、菅原社長はそのままです」

口が重くなった藤木に代わって、園田が急いで愛想《あいそ》よく答えた。

「次長さんはいくつよ」

この質問には代答《だいとう》できない。

「二十五です」

そっけない返事に「ほー孫と同じ年だわ」とおおげさに驚かれ、厭味《いやみ》などではないのに藤木がむっとするのがわかった。ひやっとしたが幸いシニア組は気づいていない。

それにしても若いとは思っていたがまだ二十五なのか、と園田も少々驚いた。社会人三年目くらいなら、この態度の青さもまあわからなくはない。

「東京はすごいもんだ。二十五でそんなに偉くなれんか」

「なれるんじゃろ、だから次長さんなんだわ」

「次長、そろそろ行きましょうか」

どっと笑う三人につき合いで笑いながら、園田はさりげなく藤木を促した。

「お仕事中、お邪魔しました」

あくまでも愛想よく会釈《えしゃく》をしつつ藤木と作業棟のシャッター扉をくぐる。

「すみません、みなさん話好きで」

「いえ」

藤木は小さく肩をすくめた。園田のフォローに対する礼のようでもあり、そんなもの要《い》らねえよ、という意思表示でもありそうで、園田はどっちにとるのが正解なのかわからず少々困惑した。

「ところで園田さんは昨年、中途採用で入ってこられたんですよね」

社屋のほうに引き返しながら藤木が訊いてきた。駐車場の社用車はほぼ消えていて、アスファルトが黒く光っている。日が高くなるにつれ気温も上がってきた。

「履歴書を見せてもらいましたが、今で四社目なんですね。最初の会社は大手だし、待遇もよさそうですが、なぜ退社されたのかお訊きしても？」

当面自分のサポートにつく人間のことを知っておきたいと思うのは当然だろうし、人によってはずけずけした物言いに感じるだろうが、園田はこのくらいストレートに訊かれるほうが気持ちがいい。

「私のいた部署が部署ごと海外移転になりまして、そのタイミングで当時の取引先からうちで働かないかと打診《だしん》されたんです。私は小心者なので海外より地元で働くほうが性《しょう》に合ってるかな、と思いまして」

引き抜きの形で転職したものの、そこも一年後には拠点を海外に移すことになり、今度こそ海外かと半分覚悟を決めたところで移転に伴《ともな》い人員整理があった。

「引き抜きしておいて退職迫《せま》ってきたってことですか?」

「いえ、会社が希望退職を募《つの》ったんです。独身は私だけでしたし、ちょうど地元の輸入販売会社が求人かけてたんで、そちらに採《と》ってもらいました」

こぢんまりとした会社で園田は満足して働いていたが、主力商品が海外観光客向けの土産品だったので観光ビジネスの打撃をもろに受け、あっさり倒産してしまった。

「さすがに困ったなと思いましたが、ちょうどこちらが若手社員を募集していたので応募しまして、で、今に至ります」

「なるほど」

「運がいいような悪いようなで」

園田の人生は常にそんな感じだ。持ち前ののんきな性格もあって、常に「まあ、なんとかなるか」で流れに身を委《ゆだ》ねていたらなんとなくこうなっていました、というところに着地する。

「八年で四社変わったって言ったらけっこう驚かれるんですが、本当になんとなく、ゆるっとしてたらこうなってたんですよねえ」

園田の発言のなにかがツボに嵌《はま》ったらしく、藤木が小さく噴き出した。

「じゃあ俺もゆるっと流れに乗りますか」

藤木が呟いた。自分に言い聞かせているようなニュアンスだ。

口には出さないまでも「こんな田舎に出向かよ」とげんなりしているであろうことは園田に

も想像がつく。

「雪、ぜんぶ溶けそうですね」

事務所の外階段を上がりながら藤木が駐車場に目をやった。

社屋の陰にはまだところどころ雪が残っているが、アスファルトは濡れて黒く光っている。

一台だけぽつんと残されていたクリーム色のレンタカーが、すっかり高くなった日に当たって暖かそうだった。

2

「園田《そのだ》さん、音楽かけてもいいですか？」

社用車の助手席に乗り込んできた藤木《ふじき》が、シートベルトをしながら訊いた。午前の訪問予定をすべて終え、ほっと一息ついたところだ。

「もちろんいいですよ。どうぞどうぞ」

「それじゃ」

藤木はエアコンの吹き出し口にひっかけてあるブルートゥーススピーカーをオンにした。

藤木が着任してひと月ほどが過ぎた。

三月も半《なか》ばに入り、ようやく日差しにほんのひとつまみ、春の気配を感じるようになっている。

「別に、いつでも音楽流していただいていいですよ」

「いや、そこは譲《ゆず》り合わないと」

藤木がにやっと笑って言った。

本人的にはにこっとしているつもりだろうが、どこか挑戦的な目つきのせいでそうは見えない。

いろいろ損な人だな、というのが園田の現時点での藤木に対する感想だった。顔はいいが愛《あい》嬌《きょう》がなく、年齢と職《しょく》位《い》のせいで「生意気だ」と思われがちだ。園田と二人のときは案外よくしゃべるし気遣いもできるので、もうちょっと外面《そとづら》をよくすればいいのに、と思っていた。

「園田さんはラジオ好きでしょう」

「好きってほどでもないですよ」

四回目の車検を目前にした社用車は、スピーカーはお粗末《そまつ》ながらラジオの感度はよく、園田はもっぱらローカル番組を流しっぱなしにしていた。近郊の農作物の出来不出来、出荷高《しゅっかだか》のニュースにリスナーからの他愛《たわい》のないメッセージなど、正直どうでもいい内容ばかりだが、いつも聴いていると耳に落ち着く。

藤木はたいてい行きの道中を園田に譲って、帰りに「いいすか」と自分で持ち込んだスピーカーで音楽を流した。

「これはなんですか?」

園田はあまり音楽に関心がないが、藤木はいつもなにかしら聴いている。お洒落《しゃれ》な環境音楽っぽいものを好みそうだと思っていたが、彼のプレイリストは激しめのビートロックやアップテンポの洋楽が中心だった。とにかく今は「アガる」曲で自分を鼓舞《こぶ》しているらしい。

「これはダッピーですね」

藤木が音量を調整しながら答えた。

「へえ、ダッピー」

「ヒップホップです」

「へー」

「って、興味ないでしょ?」

「まあそうですね」

藤木が前を向いたまま笑った。彼の補佐でほぼ毎日商工会議所や信用金庫、取引先などへ同行していて、それなりに距離が縮《ちぢ》まっていた。

当初、園田は藤木のことを「田舎の子会社に出向《しゅっこう》してくるということは本社での評価は今一つなのかな」と失礼な憶測をしていた。本人も左遷《させん》人事だと思って凹《へこ》んでいる様子だ。が、園田が横から見ている限り、彼はかなり有能な人物だった。決算書類や契約書面、商工会議所の議事録などからさっくり現状を把握《はあく》して本社に報告書を送っていたし、たまに口にする分析も的確だ。

将来の幹部候補に旧態依然《きゅうたいいぜん》とした子会社で経営面の勉強をしてきてほしい、という社員育成のための人事なら納得がいく。ついでに無難《ぶなん》なコミュニケーション能力も人の上に立つ立場なら必要だろう。

「——謙遜《けんそん》と遠慮と愛想《あいそ》笑い」

駐車場から狭い道を通って国道に出ると、藤木が唐突に呟いた。

「はい？」

「俺に足りないもの」

これは笑うとこなのかな、と横目で見ると、藤木はずるっと尻を前のほうにずらしてシートに背中を預けた。わざとらしいふてくされた態度が高校生のようで笑ってしまった。

「愚痴《ぐち》っていいですよ」

「おっさんむかつく」

「気持ちはわかります」

今日の取引先の担当者は高圧的な物言いをする人物だ。さらに相手が若いと説教癖が出る。園田もよく「最近はすぐキャリアアップだなんだって転職するみたいだけど、園田君ももう若いって年じゃないんだからそろそろそんな甘い考え捨てないと」と諭《さと》される。藤木には「若いうちから苦労しないで権限《けんげん》持たされたらあとが大変だよ」と意見していた。藤木がわかりやすく無表情になったので、園田が愛想笑いでフォローした。

「あーあ、俺も園田さんみたいになりてえ」

藤木がため息をついた。

「いつもにこにこ、ふんわりやさしく」

「なんですかそれ」

「園田さんを表す言葉です」

「厭味《いやみ》なの？」

「違いますよ」

藤木が苦笑した。

「ちょっとは愛想よくしろって思ってるでしょ？」

「それはまあ、そうですね」

仕事相手に感情をもろに出すのはよろしくない。藤木が下唇を突きだしてふーと息をついた。

「わかってんだけど」

「まあ、僕は受け流すのが得意なので。愛想笑いは任せてください」

「にこにこ攻撃で相手を無害化するんですよね。俺には一生できない技だ」

あーあ、と嘆息《たんそく》してから、藤木は気を取り直したように姿勢を正した。

「ところで腹減ってません？　昼メシ何食いたいすか」

「僕はなんでもいいですよ」

「じゃあラーメンにしましょうよ。この前の店、旨《うま》かった」

「いいですね」

園田は万事《ばんじ》にこだわりがないので藤木のような主張がはっきりしているタイプとは相性がよかった。言葉の裏を探ったり人の顔色を読んだりもしないので、その意味でも藤木はつき合いやすい。

藤木が気に入っているラーメン屋は地元では人気のチェーン店だ。

「そういえば、園田さんって結婚してないんですよね」

混み始めた店のカウンターに並んで注文を済ませると、藤木がおしぼりのパッケージを開けながらなにげなく訊いてきた。

「未婚ですよ」

雑談はよくするが、今まであまりプライベートな話はしなかった。藤木はちょっと気を使っている気配を漂わせていて、昨今《さっこん》のコンプラ配慮かと思いつつ普通に返事をすると、藤木はパッケージを破るのにやけに苦労しながら「彼女さん、はいるんですか」と重ねて質問してきた。

「いませんね」

自分が訊いたくせに、藤木はへえ、とまったく興味なさそうな声を出した。

「次長は東京にいるんですか?」

「えっ?」

「彼女さん」

「あ、えっと」

園田もさして興味はなかったが、ああ遠距離になってしまって寂しいからそんな話を始めたのかな、と思いついて話題を振ったつもりだった。藤木は今度はびっくりしたように顔を上げ、わずかに目を泳がせた。

「彼女、はいないですね」

「そうなんですか」

「別れちゃって」

それなら触れないほうがいいのか、それとも話を聞いてほしいのか、と藤木のほうを見ると、まともに視線が合った。

「俺、あんまり続かないんですよ」

藤木がまた唐突にプライベートを明かした。

「心狭いから」

「恋愛するとだいたいみんな心狭くなるみたいですよ」

どこかで耳にしたようなフレーズをとりあえず言ってみた。

「園田さんも？」

「どうですかね」

特にそんなことはないと思うし、むしろ狭くならないからふられたんじゃないかという気がしていた。

他に好きな人ができちゃった、と恋人に言われても「幸せになってね」以上の感情が湧いてこない男と恋愛してもつまらないだろう。

「でも、どうしたんですか、急に」

「こういう話、NGでした？　すみません」

藤木が若干《じゃっかん》あわてて謝った。

「いえ、僕は別に。逆に次長のほうが公私混同許すまじ派なんだろうと思ってました」

「そんなことは…」

お待ちィ、とどんぶりがカウンターの向こうから出て来て、ひとまずおのおの平衡《へいこう》に受け取ることに神経集中した。

「うま」

さっそくれんげでこってりスープを一口飲み、藤木が顔をほころばせた。まだ二十五だもんなあ、とそろそろ脂《あぶら》がきつくなってきた園田は若い胃袋が少々羨《うらや》ましかった。五年前なら自分もチャーシュー三枚乗せをセレクトしていたかもしれない。

「一ヵ月業務回して、やっと最近ちょっとだけ余裕ができてきたんですよね」

藤木がちらっと園田のほうを見て、妙に言い訳がましい口調で言った。

「それで園田さんのプライベートにも興味が出てきたというか。園田さんって実家住みなんですか？」

「ええ、実家です」

余裕ができたのはめでたいが、それがなぜ自分への興味につながるのかと園田は内心首をかしげた。

「地方だと結婚するまで実家住み多いんですかね。金子《かねこ》さんも実家から通ってるって訊いてもないのに教えてくれました」

金子はおしゃべり好きの経理女子だ。「訊いてもないのに」は余計だが、藤木はその口ぶり通りの態度で接するので今では金子も必要なことしか話しかけなくなっている。「いやー、あそこまで仕事以外のこと話しかけんなオーラ浴びせられたらいっそ痛快ですね」というのが金子の感想で、転勤先でつまみ食いするような男もいることを考えるとむしろ誠実ととるべきなのかもしれない。

「家帰ったらあったかいんでしょ。いいなあ。俺なんか一人だからエアコンのタイマーかけてもなんか寒いんですよ」

「僕も一人ですよ」

藤木がん？　と顔を上げた。

「でも実家でしょ？」

「実家に一人で住んでるんですよ。というか、本当は実家っていうのもちょっと違ってて、母方の祖母の家に住んでるんです」

園田の父親は金融関係の仕事で転勤が多く、小学校の間は転校ばかりしていて、そのあとは中高一貫《いっかん》校の寮に入った。いつまでも息子を引き連れて全国行脚《あんぎゃ》するわけにはいかないという妥当《だとう》な判断だ。

「長期休暇は祖母の家で過ごしてたんで、なんとなく愛着感じてるんですよね。両親はもうずっと転居転居で、勢いあまって離婚しちゃって、しかもどっちも再婚したんで本当に「実家」ってのがなくなっちゃったんですよ。で、祖母は僕が大学生のときに亡くなってて、住む人いないし空き家をどうするって話になってたのと、新卒入社の会社の支社がたまたまこっちにあったのとで、ダメ元で希望出したら通っちゃったんです」

母親は再婚相手とフランスで暮らしていて、実家の扱いに困っていた。園田が住むことになって安心したと喜び、リフォーム代を出してくれた。

そんなわけで園田は広い田舎の一軒家で一人暮らしをしている。

最初のうちこそ町内にいる親戚がなにかと口を出してきて面倒だったが、今はそれも減り、ほどよい距離感で落ち着いていた。

「じゃあ一人で一戸建《いっこだ》てに住んでるんですか?」

「そういうことですね」

「いいなあ、俺なんか安普請《やすぶしん》のせまーいマンスリー1Kですよ」

藤木がぼやく。

一年足らずの任期なので東京のマンションはそのままにして、こちらではマンスリーに入居しているらしい。市役所周辺のぎりぎり繁華街といってもいいエリアなので便利そうではある。

「便利ったってコンビニが近いくらいですよ。壁薄いし、水の出悪いし、エアコンあんま効かないし」

藤木は案外愚痴っぽい。園田さんが聞き流すの上手いからつい、というのが本人の弁だ。

「狭すぎて筋トレする場所もないし」

「まあ少しの辛抱《しんぼう》ですから」

「なげーよ、少しじゃない」

「だんだん暖かくなってきますし」

「そんで今度はぜったい灼熱《しゃくねつ》地獄になる」

「このあたりは夏でも朝晩けっこう涼しいですよ」

藤木の愚痴の相手をするのは園田はまったく苦にならない。元々なんでも受け流す性格だというのもあるし、都会的なイケメンがぶつくさ言っているのがなんとなく面白いというのもある。

「いいなあ。俺は親戚もみんな都内だから田舎のおばあちゃんちってシチュエーション自体が羨ましい」

「じゃあ一度遊びに来ますか？　って、えっ次長、大丈夫ですか？」

なにげなく誘ったら、いきなり藤木がチャーシューを喉《のど》に詰まらせた。激しくせき込んでいる藤木に慌てて水を飲ませて背中を叩いてやった。

「う、あ、すみませ」

「大丈夫ですか」

「いっ、いいんですか」

「はい？」

「園田さんちに」

ハンカチで口を拭《ぬぐ》いながら、藤木がせっかちに確認をとってきた。

「僕の家？　ええ、いいですよ」

なにをそんなに慌てているのかわからなかったが、よほど「田舎の祖母の家」に憧《あこが》れがあるのだろう。

「でもそんな期待されたら困りますよ。あれでしょ？　縁側《えんがわ》に猫がいて、広い座敷に仏壇《ぶつだん》があって、板の間の台所で麦茶、みたいな古き良き日本家屋を想像してるんでしょう？」

「違うんですか?」

「違いますよ。ただの昭和の一戸建てです」

「でも行きたい」

「いいですけど」

そんな成り行きで、週末、藤木が家にやってくることになった。

土曜は朝からよく晴れていて、洗濯をして軽く掃除をすると、園田は待ち合わせの市役所の駐車場に向かった。車で迎えに行くことになっていて、園田が駐車場に到着すると、藤木はもう植え込みのところに立っていた。ショートダウンに厚手のジョガーパンツで、ニット帽をかぶっている。スーツ姿しか見たことがなかったので新鮮だ。

「うわー」

「なんですか」

助手席のドアをあけて、藤木が妙な声をあげ、滑《すべ》るように乗り込んできた。日差しはずいぶん明るくなったが、まだ空気は冷えている。藤木は白い息を吐きながら、はにかむように笑った。

「園田さんの私服初めて見たから」

ニットにデニムのまったくの普段着だが、藤木は妙にテンション高く「園田さん、紺色似合いますね」と褒《ほ》めた。

「それに眼鏡」

「休日はコンタクトするの面倒で」

「へー、すごいいい」

「いいって、なにがです」

「眼鏡がです」

「はあ」

変哲《へんてつ》もないスクエア眼鏡をなぜか興奮したように眺めている。

「園田さん、目が悪かったんですね」

「そこまででもないんですけど、運転するのには眼鏡必至《ひっし》ですね」

レンズが曇《くも》るのが鬱陶《うっとう》しいので冬はコンタクトにするが、夏になると会社でも眼鏡の比率が上がる。

「園田さん、目が悪いの知らなかったなあ」

なにが嬉しいのか、藤木はうきうきした様子でシートベルトを締めた。

「次長は視力いいんですか?」

「両眼とも1.5です」

「それは羨ましい」

車だと家まではすぐで、いつから眼鏡なのかとか、他に眼鏡はあるのかとかやたら眼鏡にこだわる藤木と眼鏡話をしているうちに着いた。

「想像してたのと違うでしょう?」

藤木が憧れているらしい「田舎の祖母の家」はだいたい想像がつく。園田の祖母の家はただの古い戸建てだ。広縁《ひろえん》もないし仏間《ぶつま》も座敷もない。敷地が広いのだけが取り柄といえば取り柄だ。

「すごい。庭広いですね」

「庭って言っていいのか疑問ですが」

祖母はあの年代の女性にしては合理主義で、敷地には砂利《じゃり》を敷き詰め、地植《じう》え部分は最低限にしていた。門扉《もんぴ》などもなく、車道から直接敷地に入る。隣の家とは畑を隔《へだ》てて数メートルはあり、裏は雑木林《ぞうきばやし》だ。車から降りて、藤木は物珍しそうにあたりを眺めまわした。

「おじゃまします」

どうぞ、と玄関の鍵を開けると藤木が興味津々《しんしん》で入ってきた。

「へー、やっぱ広いですね」

玄関から廊下が続いて、突き当たりの引き戸を開けると台所とリビングだ。

「まあ、一人暮らしには広すぎて逆にちょっと不便ですね」

二階はほぼ物置でめったに上がりもしないし、一階もリビングと台所だけで生活している。

「えっ、景色すご」

台所に一歩足を踏み入れて、藤木が目を瞠《みは》った。台所の向こうが雑木林なので、大きめの窓からは緑が溢れている。園田もこのスペースはお気に入りだった。

「ここに引っ越すとき水回りだけリフォームしたら、ちょっといい感じに仕上がったんですよ。親戚の工務店に予算内でお任せしたら、そこのインテリアコーディネーターさんがセンスのいい方で。たぶん予算以上にいろいろおまけしてくれてるんだと思います」

シンクもコンロもあえてのレトロなデザインで、古い床や水屋《みずや》とも調和している。園田はしゃがんで石油ストーブに火をつけた。天井が低いので、案外すぐに暖まる。

「コーヒーでいいですか?」

どうぞ、とキッチンテーブルの椅子をすすめ、園田はコンロで湯を沸かした。

「これ、前から食べてみたかったんで買ってきたんです」

藤木がボディバッグから紙袋を出してきた。地元の銘菓だ。

「ああ、それコーヒーに合いますよ」

物珍しそうに周りを眺めている藤木と、キッチンテーブルで向かい合ってコーヒーを飲んだ。

「お客さん、多いんですか?」

水屋にぎっしり詰め込まれた食器に目を止めて藤木が訊いた。

「いえ、ぜんぜん。昔は自宅で冠婚葬祭《かんこんそうさい》をやってたんで、その名残《なごり》ですね。同じお椀《わん》が二十個とか、湯呑《ゆのみ》が五十個とかありますよ」

「へえ」

「今年に入ってうちに来たのは次長が初めてです」

「そうなんだ」

藤木が妙に嬉しそうにカップに口をつけた。

「じゃあ本当に彼女いないんですね」

「いないって言ったじゃないですか」

「だって園田さんもてそうだから。もてるでしょ?」

「この二年くらいはフリーですけどね」

もてるのかと訊かれれば、たぶんもてるほうなのだろうとは思う。外見は平凡の一言なので自分でも不思議だが、「優しそう」というのは案外モテの第一条件なのかもしれないなあ、と他人ごとのように考察していた。とはいえそれも過去のことだ。

よほど苦手なタイプでなければせっかくの好意を断る理由はないので学生時代はたいてい彼女がいたが、園田の受け身一方なのが物足りないのか「他に好きな人ができちゃった」で一年もせずに去っていく。

座右の銘《めい》「上善如水《じょうぜんみずのごとし》」で幸せになってね、と淡々と見送ってもすぐ流れに乗って次の相手が現れたが、さすがに社会人になるとそう新しい出会いはない。

園田自身にさほど恋愛したいという欲がないので気がつくともう二年ほど独り身だった。それで別に不満もない。

藤木に訊かれるまま、そんな話をした。藤木はやけに熱心に聞いている。

「彼女がいれば楽しいですけど、いなければいないで一人も気楽でいいものです」

園田の実感だ。

「でも、寂しくないですか？」

「次長はどうなんです」

クールな見かけによらず恋愛話が好きらしいので水を向けると、藤木はとたんに眉間《みけん》にしわを寄せた。

「俺は心が狭いから、いつもすぐうまくいかなくなる」

「ああ、そう言ってましたね」

「でもつき合ってるのに浮気されるの嫌じゃないですか？　絶対嫌なんですよ。浮気されたらすーっと醒《さ》める」

派手目の遊び慣れた女子が目に浮かび、いかにも藤木にお似合いに思えるが、本人はかなり貞操《ていそう》観念が強いらしい。

「次長は浮気しないんですか」

「しないですよ」

男は浮気する生き物だが女はダメ、という身勝手な思想を耳にすることもあるので確認してみると、かぶせ気味に断言された。

「だいたい俺の心が狭いんじゃなくて、向こうの貞操観念のほうが問題ですよね？　つき合ってる相手がいるのに浮気するほうが悪いでしょ？　それを咎《とが》めたら心が狭いって、おかしくないですか？」

「それはおかしいかも」

「かも？」

「おかしいです」

「おかしいですよね」

徐々にヒートアップする藤木に合わせると、満足げにがぶりとコーヒーを飲んだ。

「それはそうと昼はピザでも焼こうかなと思ってるんですけど、いいですか？」

「ほんと、受け流しまくりですね園田さん」

意図せず話の腰を折ってしまい、もう、と藤木が笑った。

「すみません、そういうつもりじゃなかったんですけど」

「ピザってもしかして園田さんの手作りですか？」

「手作りってほどのものじゃないですよ」

近所にサラミやソーセージの手作り工房があって、チーズやピザ生地《きじ》とセット販売をしている。適当な野菜を一緒にトッピングするだけでかなり旨いのでたまに購入していた。

「この前買ったのが消費期限そろそろなんで、一緒に消費してくれるとありがたいです」

手伝いますよ、という藤木と並んで作業してピザを焼き、なんだかんだと雑談をしながら食べて、久しぶりの来客が園田はけっこう楽しかった。

夕方になって、藤木が「そろそろ帰りますね」と腰を上げた。

もう少しいてもいいのに、と思ってから、園田はへえ、と自分に驚いた。

何をするでもなく藤木と過ごした時間が、思いがけなく楽しかった。

「今日はありがとうございました。俺、園田さんと知り会えて、こっち来てよかったなって初めて思いました」

藤木が照れくさそうに言った。

「正直、同期に差をつけられたって凹んでたんで」

「逆じゃないですか？」

差し出がましいと思って控えていたが、あまりに素直に弱みを見せる藤木に、園田はつい励ましを口にした。

「え？」

「左遷人事だと思ってらっしゃるんだったら、それ逆だと思いますよ。次長は本社に籍残ったままでしょう？　期限つき赴任《ふにん》って研修みたいなものじゃないですか。期待されてるんですよ」

藤木は驚いた顔で園田の話を聞いていたが、ほのかに表情を緩《ゆる》めた。

「ありがとうございます。園田さんがそう言ってくれるんだったら俺もそう思うことにします」

「別に慰めで言ってるんじゃないですよ。うちは配送ルートを自前で持ってるでしょう。地方物流の拠点を考えて傘下《さんか》に入れたんでしょうから、ここで実績あげておくのは大事です」

藤木が意外そうに園田を見つめ、少し考え込む顔になった。

車で送るために一緒に玄関を出ると、たまに遊びにくる猫が姿を見せた。やけにしっぽの太い三毛猫だ。

「猫飼ってるんですか?」

軒下《のきした》に置いておいた餌《えさ》を食べているのに気がついて藤木が足を止めた。

「いや、去年の大雪のときに玄関に迷いこんできてからたまーに遊びに来るんですよ。餌置いてるとなくなってて、暖かいときはそこで昼寝したりしてます」

「…俺も、また来ていいですか」

藤木が妙にそろっと訊いた。

「もちろんですよ。いつでもどうぞ」

来るもの拒《こば》まずは猫も人間も同じだ。

にっこりすると、一拍遅れで藤木も笑った。

「よかった」

そのはにかむような笑い方が、なんだかずいぶん可愛く思えた。

3

かなり年季の入ったパソコンだな、だから反応が遅いのか…とカウンターの向こうを眺めながら辛抱《しんぼう》強く待っていると、ようやくキーボードを叩く手が止まった。

「えー、ソノダさま。ご予約ありがとうございました」

ホテルマークのついた制服のフロントマンがモニターから顔を上げた。疲れていた園田《そのだ》はようやく部屋で寛《くつろ》げる、とほっとした。

「えー、本日より二名様でご一泊、ダブル、で承《うけたまわ》っております」

フロントマンが「ダブル」のところでやや言い淀《よど》んだ。どう見ても出張の会社員二人を前に、目が「あれ？」と戸惑っている。

「え？」

「は？」

うらぶれたビジネスホテルのチェックインカウンターで、園田と藤木《ふじき》は同時に声を上げた。

「いや、シングル二室が満室というのでツインをお願いしたはずですが」

園田の斜め後ろにいた藤木が、食ってかかるようにカウンターに身を乗り出した。ほら、とせっかちにスマホの予約確認画面を出している。

二人での初めての出張は、過酷なスケジュールだった。

ゴールデンウィーク直前に決まったこともあり、県をまたいだ物流システムチェックと担当者面談、さらに複数の取引先への顔出しを一気に消化するため、園田は綿密《めんみつ》に予定を組んだ。

かなりの強行軍をなんとかこなしたものの、事故渋滞に引っ掛かって昼も食べ損ね、夕方やっとインターチェンジで売れ残りの惣菜《そうざい》パンにありついた。疲労困憊《こんぱい》でようやくホテルにたどり着き、そして今。

「申し訳ございません。当方の入力ミスのようでございます。ただ本日ダブルのご用意しかできかねまして…」

「嘘だろ⁉」

藤木が顔色を変えた。

「シングルが満室だっていうから仕方なくツインにしたのに……!」

ホテルを予約しようとして園田が「ツインしか空いていない」と報告したとき、藤木は「それなら他のホテルを当たりましょう」と言い出した。

出張中は朝から晩までべったり一緒にいるのだから夜くらいは一人になりたい、という気持ちはよくわかる。が、田舎のことでビジネスホテル自体あまりないし、翌日の動きを考えると遠くのホテルというのも不合理だ。

ゴールデンウィーク前にぐずぐずしてたら泊まるところもなくなってしまいますから、と諦めてもらった。園田にしてはやや強引だったが、そのくらい藤木とは距離が縮まっていた。

　初めて家に遊びに来た翌週、藤木は今度は自分の車でふらりとやってきた。

「この前、園田さんにご馳走《ちそう》になったピザ美味《おい》しかったんで買いに来て、家の前通ったら車があったから家にいるのかなって。よかったらドライブしませんか」

　藤木はクーペをリース契約していて、東京では運転もなかなかできないから、と休日はもっぱらドライブを楽しんでいるようだった。

　園田は走ればなんでもいいので燃費《ねんぴ》重視の軽自動車に乗っている。せっかくだから好みのカラーにしましたという藤木のミッドナイトブルーのクーペはさすがに走りが軽快で、その日は思いがけず遠出をした。それをきっかけにときどき「今から行ってもいいですか」と連絡がくるようになった。１Ｋのマンスリーはよほど息が詰まるらしい。

　今ではお互いの予定もだいたい把握《はあく》して、土日のどちらかは藤木が家にやって来る。遊びにきた猫を眺めるだけののんびりした休日を過ごすこともあれば、隣町まで足を伸ばしてご当地名物を食べに行くこともあり、すっかり気を許したつき合いになっていた。

「僕と次長の仲じゃないですか。一泊くらいツインでも」

　園田が冗談半分にそう頼むと、藤木は急に無言になってから「まあ、しょうがないですね」と了承した。

「でも！　ダブルはあり得ない‼」

藤木が往生際《おうじょうぎわ》悪く叫ぶ。

「しょうがないじゃないですか」

園田はダブルでもなんでもいいからさっさとスーツを脱いで寛ぎたかった。まともな食事にもありつきたい。

「まことに申し訳ございません」

「次長、我慢してくださいよ。僕はソファで寝ますから」

「ソファ…」

フロントマンと園田に頭を下げられて、藤木もさすがにそれ以上突っぱねられないと思ったらしく、重いため息をついた。

「それじゃ俺がソファで寝ます」

「とにかく、ひとまず部屋行きましょう」

園田が古めかしいアクリルホルダーのついたキーを受け取ってエレベーターに乗り込むと、藤木は妙に緊張した面《おも》もちであとに続いた。

予想はしていたが部屋はかなり狭く、そのぶんダブルベッドの存在感は大きかった。藤木が無言で二つ並んだピローを睨んでいる。確認すると、ソファはぎりぎり横になれるサイズ感だった。

「これならなんとかなりますね。夕食行くついでにフロントで毛布借りましょう」

疲れたので早めに寝ないと、明日は物流大手の関東支店長との面談がある。

「次長、もしかして体調よくないんですか？」

ホテルの近くにあった定食屋でさっさと夕食を済ませて部屋に戻り、園田は心配になって藤木に声をかけた。

「えっ、いえ、そんなことは…ない、ですよ」

ダブルに宿泊しなくてはならなくなったとわかってから、藤木は突然口数が少なくなった。いつもは園田の倍はしゃべるのに、なにかに気を取られている様子ですぐに黙り込む。

「疲れが出たんですね。早く寝たほうがいいですよ。シャワー、お先にどうぞ」

「おっ、俺はいいです」

シャワーをすすめると、途端に藤木が声をうわずらせた。

「え？　いいことないでしょ」

明日もあるのに、と藤木のほうを見やると、なぜか今度は突然赤くなった。

「次長、本当に気分悪いんじゃないですか？　顔赤いですよ」

熱でもあるのでは、と心配になった。

「ちょっとフロントで体温計借りてきます。ついでに病院もどこか開いてないか訊いてみて…」

「だいじょうぶです！」

部屋を出ようとしたら腕を摑んで制止された。

「ほ、本当に大丈夫ですから」

そして焦《あせ》ったように腕を離した。本当におかしい。

「でも顔が…」

「寝てたら治ります！」

声には張りがある。多少体調がよくないのかもしれないが、定食屋でも口数こそ少なかったがちゃんと完食していたし、そこまでひどいわけでもないのか、と園田は思い直した。

「それじゃ僕はシャワー使ってきますから、次長はもう寝てて下さい。あ、ソファは僕が使いますから。次長は体調よくないんですからベッドで寝てくださいよ？」

なにか言いたそうに口を開きかけたが、園田が念を押すと小さくうなずいた。

やはり風邪だろうか。ひどくなるようだったら明日の予定はどうやりくりするべきか、などと忙しく考えながら園田はシャワーを使った。

「次長？」

持参してきたTシャツと薄手のスウェットを着て眼鏡をかけ、頭を拭《ふ》きながら浴室を出てみると、ベッドは空っぽだった。

「あれっ、なんでソファで寝てるんですか」

ダブルベッドはピローもそのままで、藤木はフロントで借りた毛布をかぶってソファで寝ていた。

「次長？」

「わっ」

「えっ」

頭から毛布をかぶっていたのでそっと声をかけたつもりだったが、藤木はがばっと跳ね起きた。

「すみません、もう寝てたんですね」

「いっ、いや、や…」

藤木の耳からワイヤレスイヤホンがぽろっと落ちた。

「本当に大丈夫なんですか？」

園田はタオルを首にひっかけて藤木の顔をのぞきこんだ。音楽でも聴きながらうとうとしていたところを急に起こされて、よほど驚いのだろう。藤木は竦《すく》みあがっている。スーツの上着だけは脱いでいたがワイシャツ姿で、着替えもできないほど具合が悪かったのかと園田は驚いた。

「熱ありそうですよね。ちょっと失礼——」

「ちょ」

額《ひたい》に手を当てようとしたら、激しく払われた。

「あっ、ごめ」

弾《はず》みで眼鏡がずれて、藤木が慌てた。園田もびっくりしたが、これは急に触ろうとした自分が悪い。

「すみません、熱が出てるんじゃないかと思って。水かなにか飲みますか?」

冷蔵庫を開けてみるとミネラルウォーターが二本入っていた。キャップを開けて持って行くと、藤木はソファに起き上がってじっとしていた。

「……あ、りがとうございます」

ボトルを渡すと素直に一口飲んで、藤木は床に視線を落としたままソファに座り直した。

「本当に大丈夫なんですか?」

園田は藤木の前にしゃがみこんだ。藤木はうつむいて黙っている。

「――みっともないとこ見せちゃって、すみませんでした」

ややして、藤木がぽつりと謝った。

「次長?」

どうも具合が悪いわけではなさそうで、でもそれならこの変な様子はいったいなんだ、と園田はますますわけがわからなくなった。

「どうしたんですか」

「俺はゲイなんです」

ほとんどかぶせるようにカムアウトされて、園田はその意味を理解するのに数秒かかった。

「――え…？」

ゲイ――というのは、それは、性志向を表す名称であるところのゲイか、とやっと回線がつながった。

「あっ、ああ、そ、そうなんですか」

「それで園田さんのことが好きなんです」

連続での告白に、今度こそ頭が混乱した。

「本当にすみません」

固まったままの園田に、藤木が顔を上げた。

頬が紅潮《こうちょう》し、唇がかすかに震えている。藤木のこんな顔は初めて見た。まともに視線が合って、園田は無意識に息を止めていた。どう反応すべきなのか、なにをどう考えたらいいのか、まったくわからない。

「迷惑なのはわかってます。言うつもりなんかなかった。でもどうせいつかバレるだろうなとは思ってて――俺めちゃくちゃ園田さんのことが好きなんです」

「――」

「あなたと、だ、ダブルとか無理…、シャワーとか濡れた髪で眼鏡とか、やばい。無理だ」

驚きすぎて、しゃがみこんでいた園田は足から力が抜けて、すとんとその場に尻もちをついた。

「そんなに驚かなくてもいいじゃないですか」

藤木の声が微妙に恨みがましくなった。

「いや、だってそれは驚きますよ……！」

園田が腰を抜かしているのと対照的に、藤木は開き直ったように落ち着きを取り戻していた。

「ぜんぜん気がついてなかったんですか？」

藤木が疑い深そうに訊いた。

「まったく気づいてなかったです」

「本当に？」

「ほんとうに」

「鈍感《どんかん》ですね」

まるで園田に非があるかのように眉をひそめる。

「普通はちょっとは気がつきますよ」

「そこ責めるとこです？」

つい言い返すと、藤木ははあっと息をつき、持っていたペットボトルをテーブルに置いて深くうなだれた。

「あー、言っちゃった」

「言っちゃった、って…」

会話だけは以前と同じだが、驚きすぎてまだよく頭が働かない。そのせいか、逆にぽろっと過去の記憶が蘇《よみがえ》った。

実は、園田は一度だけ同性とつき合ったことがあった。といっても高二のほんのわずかな期間で、相手は同じ寮の一つ上の先輩だった。忘れるともなく忘れていた。中高一貫《いっかん》の男子校だったのでそこそこそういう話は落ちていて、そのときも「嫌いじゃないし」「断るのも悪いし」という理由でOKし、あまりしっくりいかないまま「受験勉強に集中したいから」と言われてあっけなく終わった。

「――園田さん」

今から思えば性欲過多《かた》な時期に恋と友愛がごっちゃになっていたんだろうな――と驚きのあまり違うことを考えていると、藤木が顔を上げた。

その腹を決めた目に、予感がした。

「なんでしょう…」

「俺とつき合ってくれませんか」

熱のこもったまなざしに射抜かれて、園田は思わず背筋を伸ばした。

もう顔も覚えていない先輩に告白されたときも、園田は驚きすぎてとっさに返事ができなかった。

「園田さん、今はフリーなんでしょう?」

先輩も、確か同じことを言った。今、誰ともつき合ってないんだろ?

「そっ、それは…そう、ですけど」

「今だって毎週会ってるじゃないですか」

「い、いや、でもそれとこれとは」

「だめですか」

「いや…」

「あなたの嫌なことはしません」

真正面から見つめられ、「あなた」と呼ばれて、園田は背中がぞくっとした。嫌悪《けんお》ではない。恐れとも少し違う。園田はごくりと唾《つば》を飲み込んだ。

「園田さんって、いつも相手から告白されてたでしょ」

「え」

「それで、断る理由もないしってつき合ってたんじゃないですか?」

わりと途切れず彼女がいたが最近はぜんぜんで、という話はした。が、そんなに詳しいことまでは言及していない。なぜわかったんだと驚いた。

藤木は薄く笑った。あなたのことならなんでもわかる、とでもいいたげな目つきだ。

「やっぱりね」

本能的に身体を引いたが、狭い空間で背中にローテーブルが当たった。

「そうだろうなって思ってました。だからワンチャン、俺も押したらなんとかなるんじゃないかって諦められなかった」

「で、でも」

「俺が男だからだめなの？」

それはそうだ。

高校の先輩と何回かそういう行為をしたが、自分のことをゲイだと思ったことはない。

それなのに、うなずくことに躊躇《ためら》った。

藤木を傷つけたくないし、毎週のように家に来る藤木となにげない時間を過ごすのが園田も心地よかった。そして藤木は園田の内心をぜんぶ見透かしている。

「園田さん、キスしてみませんか」

「はっ⁉」

「今迷ってるんでしょ？　せっかく仲良くなったのに、気まずくなるのも嫌だなって思ってる。違いますか？」

「それ、は…」

「違う？」

違わない。

その通りだ。

「で、でも」

「俺は園田さんの嫌なことはぜったいにしません。誓います。でもあなたをただの同僚とか友達とかとは思えない。だから一回キスしてみて園田さんが無理だったら諦めます。ほんとに一回だけ。舌入れたりしないから」

「し、舌って…」

うろたえたところで藤木がぎゅっと握っていた手に力を込めた。

「お願い」

まっすぐ見つめられてどうしようと激しく焦った。園田は瞬発力がない。決断力も弱い。ちょっと持ち帰って検討させてもらえないか——と逃げを打とうとしたのも読まれていた。

「嫌なら今逃げて」

考える暇を与えない、追い詰めるような物言いに、けれど緊張が混じっている。園田は気づいてしまった。藤木は必死になっている。

「——」

逃げようと思えば逃げられた。

でもどうしても逃げられなかった。

「……」

顔が近づいてきて、寸前で止まった。いい？　と訊いてくる目が思いがけないほど真摯《しんし》で、園田は反射的に目をつぶった。

唇に温かなものが触れ、すぐに離れた。

「――園田さん」

目を開けると、藤木がおそるおそる顔をのぞきこんできた。

「嫌だった…？」

「いや――なことは、別に……」

声が掠《かす》れて、園田は一度言葉を切った。

嫌もなにも、唇になにかが触れた、程度の接触だ。

「抱きしめてもいい…？」

え、とまた一瞬たじろいだが、藤木が手を伸ばしてくるのを拒否できなかった。

ぎゅっと抱きしめられて、園田は息を止めた。

「どう？」

「どう？　って…」

「どうしても無理？」

「そんな、ことは」

そもそも今までの関係を壊したくないなと思う程度には藤木のことは好ましく思っていた。

ただ、自分の中に恋愛感情がないことも明白だった。

「でも、僕は…」

「だいじょうぶ、園田さんが俺のことそういう意味で見られないのは当たり前だし、わかってます」

藤木はどんどん先回りして園田の逃げ道をふさいでしまう。それは同時に園田の気持ちを汲《く》んでくれることでもあって、変な安心感があった。

「でも俺も、気持ち隠して今まで通りは無理だから」

今までも「好き」「つき合って」と手を差し出される恋愛しかしてこなかった。

どうせ藤木は本社に帰るんだしな、とちらりと考え、そうか、東京に帰るんだ、と急に気が楽になった。

断っても気まずいし、こんなに好きだと言ってくれるのを拒否するほど嫌ということもない。

藤木が返事を待っている。

「…じゃあ、次長が東京に帰るまで、ってことでどうでしょう」

迷い迷いの園田の答えに、藤木は戸惑ったように瞬《まばた》きをした。

「東京に帰るまで、って…それ、つまり『お試し』ってこと?」

「まあ、そうですね」

お試しの結果、藤木のほうが「ちょっと違った」「他に好きな人ができた」と言い出す可能性も高い。

藤木が大きく目を瞠った。

「マジで⁉　ほ、本当に⁉」

藤木の頬が紅潮した。興奮した声に今さらたじろいだが、園田が後悔するより早く藤木はもう一度真正面からがばっと抱きしめた。

「ありがとう」

喜びをかみしめるように囁き、それからそうっと顔を覗き込んできた。

「もう一回、キスしてもいい？　怒らないよね？　怒らないよね…？」

三十にもなった男に「怒らないよね」という質問はどうなんだ、と園田はそわそわした。返事に困って黙っていると、少しだけ顔を傾けて藤木が今度はしっかりと口づけてきた。さっきはほんの一瞬の接触だったが、これはキスだ。

唇が柔らかさを確かめるように動き、そして名残惜《なごりお》しそうにゆっくり離れていった。

「園田さん…」

そこまで感激するほどのことなんだろうか、と園田には疑問だったが、藤木はまた園田を抱きしめた。

「すごく嬉しい。本当にありがとう」

流れに身をまかせるのが園田の身上《しんじょう》だ。さすがに同じテンションになるのは無理だが、それでも園田は曖昧《あいまい》な笑みを浮かべた。

こんなに喜んでくれるんならまあよかった、どうせ短期間のことだし――と、そのときはそんな感覚だった。

4

今年も燕《つばめ》が納屋《なや》の軒下《のきした》に巣を作った。

糞《ふん》を落とされる前にと巣の下のコンクリートに新聞を敷き詰めていると、タイヤが砂利《じゃり》を踏む音がした。ミッドナイトブルーのクーペは藤木《ふじき》のリースカーだ。

「園田《そのだ》さん、なにしてるんですか」

運転席から藤木が下りてきた。

ゴールデンウィーク直前の出張から連休になだれ込んで三日、藤木は毎日やってくる。

あの夜、藤木が頑《がん》として譲《ゆず》らないので園田はありがたくダブルを独り占めさせてもらった。眠れるだろうかと危惧《きぐ》したが、疲れもあって案外すぐ眠ってしまった。対する藤木は翌朝園田が起きたときにはすでに身支度まで終えていて、「園田さんが横で寝てて眠れるわけないですよ」と笑っていた。そのわりに元気いっぱいで、出張はつつがなく終わった。

「燕？」

「納屋のそこに毎年巣を作るんですよ」

車から降りてきた藤木に説明すると、興味深そうに軒を観察した。雨どいのすぐ脇にこぶしひとつぶんの土が盛り上がるようにくっついている。

「あー、あれ。へえ、ほんとだ」

園田より頭半分背の高い藤木は、軒を見上げてからついでのように軽く頬のあたりにキスをしてきた。反射的に固まってしまった園田に、藤木が苦笑した。

「ハグしていい？」

嬉しくてたまらない、というように耳もとで訊かれたので「じゃあ、五秒だけ」と応じた。藤木がぱっと目を輝かせる。

園田さんの嫌なことは絶対しません、という約束を藤木は律儀《りちぎ》に守っていて、園田のほうは「まあなるようになるでしょう」といういつもの感覚でいた。

「五秒ですね」

隣家とは距離がある上、納屋の脇なので人目はない。

「ではカウントお願いします」

言いながら藤木が抱きしめてきた。学生時代棒高跳《ぼうたかと》びをしていたという藤木は肩から腕がしっかりしている。

「では始めます」

ぎゅっと抱きしめられ、園田は自分が彼の腕の感触に馴染《なじ》んできたことを感じた。

「いち、に、さん、しー、ごー」

若干《じゃっかん》早めのカウントだったが、園田の「タイムアップです」に藤木は素直に離してくれた。

「ありがとうございました」

「どういたしまして」

お礼を言い合い、同時にふふっと笑った。

「はいこれ」

家のほうに一緒に向かいながら藤木が持っていた紙袋を差し出してきた。朝、一緒にブランチしましょうよとメッセージが来たときに、それなら、と頼んだものだ。

「サンドイッチでよかった？　なんかまたいろいろ新作出てましたけど」

小麦マークの紙袋は最近できたパン屋のもので、ここ数年さびれた商店街にぽつぽつ洒落《しゃれ》た店が目につくようになった。だいたい東京からの若い移住者がオーナーだ。

「ここって都心まで二時間かかんないですからね。今は月イチ出社でOKくらいの仕事も多いから、お互い好きな仕事して休みの日は家族でアウトドア満喫《まんきつ》してるんでしょ。いいなあ。俺も釣りとかしてみようかな」

そんな話をしながらキッチンでカフェオレを淹《い》れ、藤木が買って来てくれたサンドイッチを出した。クリームチーズと海老《えび》、サワークリームとグリルビーフがそれぞれクラフトペーパーに包まれている。包丁で一口サイズに切り分けて皿に盛り、グリルビーフの端《はぎ》切れをつまんで口に入れた。都会の味がする。

「渓流《けいりゅう》釣りできるんですよね、このへん」

「近くだとキャンプ場に釣り場があったような」

園田はまったくアウトドアに興味がないのでよく知らない。

「キャンプ場？　古いんですか？」

藤木がさっそく食いつく。

「行ったことはないんですけど、グランピングブームで新しくなったとか市の広報誌に載ってましたよ」

「へえ、行ってみましょうよ」

腰の重い園田と違って、藤木は好奇心旺盛《おうせい》だ。食べ終えるとすぐ藤木のクーペに乗せられ、キャンプ場に向かった。今日は快晴だ。

「園田さん、ラジオつけていいですよ」

「え？　でも」

いつの間にか二人の間でラジオか音楽かは「運転している方に優先権がある」というルールができていた。

「十時でしょ。園田さんの好きなペットコーナーやるよ」

いつも園田が聴いているローカル番組のことだ。リスナーがペット自慢をするのにパーソナリティが軽妙なツッコミを入れ、たまに飼い主の後ろから犬や猫の鳴き声が聴こえるのも微笑《ほほえ》ましくて好きだった。

「じゃあお言葉に甘えて」

「どうぞどうぞ。そういや今日は三毛いなかったですね」

タッチパネルを操作していると、藤木がふと思い出したように言った。

「玄関の脇のとこ、のぞいたけどいなかった」

「朝はめったに来ないですよ。来たとしても夕方ですね」

「じゃあ帰りは会えるかな」

「うちの猫じゃないですからねえ」

三毛はただふらりと敷地に入って来てはそのへんで寛《くつろ》いでいるだけだ。園田は気紛《きまぐ》れに軒下の鉢受《はちうけ》に猫餌《ねこえさ》を入れておくだけで、特に構ったりはしていない。構うのは藤木だ。正確には構おうとしては逃げられている。

「飼っちゃえばいいのに。猫好きなんでしょう?」

「嫌いじゃないですけどね」

「しっぽ触りたい。三毛、懐《なつ》いてくれないかなあ。園田さんも」

「僕?」

「もっと懐いてほしいいし、もっと触りたい」

ほがらかな声で楽しそうに言われ、園田は返事に困った。藤木が声を出して笑う。

「あー好きって隠さなくていいの超ラクだ。言ってよかった」

藤木がしみじみと言った。藤木にとってはむしろそちらのほうが重要だったのかもしれないな、と園田は推察していた。彼が内心を誤魔化《ごまか》すのが不得手《ふえて》なことはよく知っている。

初めて行ったキャンプ場は、予想以上に洗練されていた。最近人気のアウトドアブランドが半分出資していると耳にしたが、販売所は渓谷《けいこく》を借景《しゃっけい》にしたバンガロースタイルで、レストランやカフェも併設《へいせつ》されている。

「園田さんなに飲みますか?」

テラス席に落ち着くと、藤木はセルフの水を取ってきて、そのままカウンターにオーダーしに行ってくれた。藤木は仕事のときよりプライベートのときのほうが百倍マメだ。

「好きな人にはそうなるでしょう、自然に」

園田の指摘に、藤木はこともなげに言った。

「うーん」

「って、なんですか?」

「僕のどこがそんなにいいのか、不思議で」

シンプルな疑問がつい口をついた。

「顔ですね」

藤木が即答した。

「ええ？　顔？」

これは驚きだ。藤木が珍しく照れた様子で目を逸《そ》らした。

「一目惚れですよ。ぱっと見て、ああこの人いいなって好きになった」

「えぇ…」

「そんな驚きます？」

「それは驚きますよ」

「園田さん、超タイプなんですよ。言っときますけど顔が好きって造作《ぞうさく》だけのことじゃないからね。表情とか雰囲気とか、直感でわかるでしょ。あと俺眼鏡にめちゃくちゃ弱くて、眼鏡にダメ押しされたなあ…」

今日も眼鏡をかけていたので、思わずフレームに手をやってしまった。

「好きなとこ言ったらキリないですよ。人当たりよくてふわっとしてるとこ好きですし、テンションの上下ないとこも、誰にでも同じ態度なとこ尊敬してるし、猫舌なとこかわいいし、作業着の右袖《みぎそで》まくるの下手くそなとこも、あと笑うとえくぼできるのもたまんないし、眼鏡が最高に似合ってて…」

「も、もういいです。ありがとうございました」

まるで彼氏に「あたしの好きなとこ百個言って」みたいなことになってるぞ、と園田は慌てて遮《さえぎ》った。

「あなたといると、もっと一緒にいたいって思うんですよ」

店員がお待たせしました、とドリンクを運んで来た。一度会話を止めてから、藤木が照れくさそうにぼそっと呟いた。

「そういうのは理屈じゃないよね」

園田も藤木のような情熱はないものの、一緒にいて楽しいのは確かだった。もともと誰とでもすぐ打ち解けることができるし、人の好き嫌いもほとんどないが、藤木は不思議な感じにフィットする。

「友達でいいんだけどなって、今思ったでしょ?」

藤木が少し拗《す》ねたように絡んできた。

「俺も、園田さん困らせたくないし、言わないでおいたらずっと仲良くしてもらえるしって考えましたよ。でも友達のままだと園田さんに彼女できるかもでしょ。そしたらめちゃめちゃ後悔するって思ったんです。お試しでもなんでも今は俺とつき合ってるんだから、誰かに告白されても断ってくれますよね?」

「そんな出会いないですよ」

「ピザ屋の子がいるじゃないですか」

「へ?」

「手作りピザの店で、いつも園田さんにイートイン勧《すす》めてくる子」

「ピザ屋じゃないですよ、ハム工房」

「どっちでもいいよ。あのバイトの子はぜったい園田さんに気がある」

「いやー……」

どちらかというと藤木のほうを気にしているはずだと思うが、そんなことを言い合うのも気恥ずかしいので園田は曖昧《あいまい》に笑ってレモネードを飲んだ。

「もしなんか言ってきても断ってくれますよね？」

藤木がふと不安になった顔で上目使いで訊いてくる。

「ないですよ、そんな」

「あったら？」

完全につき合い始めたばかりの高校生カップルの会話だ。

「あー、じゃあ万が一そんなことがあっても断ります」

「っしゃー！」

小さく拳《こぶし》を握って、本気で喜んでいる。

「園田さんはそんなことしないって信じてますけど、俺、前の彼氏も浮気で別れたんですよね」

確かにそんな話はしていた。

「でも、次長がそんなに浮気されるんですか？」

園田から見て藤木はかなりの高スペックだ。藤木のような彼氏がいたらそうよそ見はしないんじゃないかと思う。

「俺って無駄に女子受けするみたいだけど、男にはそんなモテないですよ。あとやっぱ全体に貞操《ていそう》観念はかなり緩《ゆる》いよね。ワンナイトとか普通にあるしカップルで出会い系のイベント行ったりもするし、むしろ俺のほうがお堅《かた》いって馬鹿にされる」

「へえー…異文化ですねえ」

「そうそう、異文化」

藤木が笑った。白い歯が爽《さわ》やかで、女子受け抜群《ばつぐん》の笑顔だ。本当にいろいろもったいない人だな、と園田もくすりと笑った。

せっかく来たんだから、とそのあとキャンプ場のアスレチックで遊んだり、トレッキングコースを歩いて渓流釣りをしている人たちを観察したりした。

「園田さん、運動不足ですね」

ちょっと縄梯子《なわばしご》を上ったりホッピングをしたりするだけで息のあがる園田を後目《しりめ》に、藤木は楽々とポイントをクリアして笑う。

「年齢も加味《かみ》してもらっていいです？」

「いや、運動不足。園田さんインドアすぎるんですよ。一緒に何かしませんか。やっぱ釣り？」

藤木は釣りを始める気満々になっていて、それなら会社の釣り名人に教えを乞うべきでは、と釣り自慢の社員をリストアップしながら帰途《きと》についた。

「あ、三毛だ」

途中で夕食は済ませ、家の敷地まで車を入れて、それじゃ、と園田は助手席から降りた。出張の日から毎日会っているが、夜はなんとなく避けていて、藤木もいつもすんなり帰っていく。今日もそのまま別れるはずだった。が、藤木が玄関わきに猫を見つけた。

「ちょっと三毛に挨拶《あいさつ》してっていいですか？」

だいぶ日が長くなり、まだあたりはぼんやりと明るい。三毛猫は玄関脇の植木鉢のかげで休んでいた。目は閉じているがしっぽがゆるゆると動いている。

ふたりでそうっと近づくと、三毛が突然顔を上げて、くは、とあくびをした。いつもならそこでさっさと逃げていくのに、今日はひげをひくひく動かしてまただらりと伸びる。これはいけるのでは、と藤木がさらににじり寄った。

「みけ」

藤木がしゃがみこんで小声で呼んだ。じりじり近寄ると三毛はうるさそうに目を開け、もう一度くは、とあくびをした。

「みけー、みけ」

自分がなにを嫌だと思ったのか、園田はすぐにわからなかった。

「触らせてくれ、みけ」

「みけじゃないですよ」

三毛猫は緩慢《かんまん》にしっぽを動かしている。

「ん？」

「みけって名前じゃないです」

「そりゃ…」

猫のほうに手を伸ばしかけていた藤木が戸惑ったように園田のほうを振り返った。自分がいつになく固い声を出しているのに気づいて、園田は慌てて笑ってごまかした。

「名前なんかつけて、姿見せなくなったら気になるじゃないですか」

「園田さん——あっ」

しゃがんでいた藤木が腰を上げかけたとき、うずくまっていた猫がしゃっと藤木の手を引っ掻《か》いた。

「痛」

そのままぱっと飛びのいて、猫は軒下に消えていった。

「大丈夫ですか」

慌てて近寄ると、藤木も驚いた顔で三毛の消えたほうを見やった。

「あーやられたな」

親指の付け根に血が滲《にじ》んでいる。

「これ、洗って消毒しないとやばいよね」

「ですね」

急いで家に入り、浴室に行って洗面台の蛇口《じゃぐち》をひねった。

「うわっ」

「すみません！」

ちょうど藤木が手の甲を蛇口の下に持っていっていたので、角度が悪く水が派手に飛び散った。慌てて止めたが、藤木も園田ももろに水を浴びてしまった。

「すみません」

「いや、俺のほうこそ」

ホルダーにかかっていたタオルをつかんで渡し、自分もびしょ濡れになってしまったシャツをひとまず脱いだ。

「ちょ、待って」

「えっ？」

「俺の前でそれはだめだって」

藤木が焦《あせ》って背を向けた。

「服、着てきて」

「あ、ああ」

自分の迂闊《うかつ》さにはっとして、園田は「すみません」と慌てて洗面所から飛び出した。キッチン脇の自分の部屋にしている洋室に入り、そのへんにあったカットソーを頭からかぶった。変にうろたえたまま消毒液を探して戸棚を開けたりしていると、足音がした。

「園田さん」

ドアは開けっ放しにしていたが、藤木が遠慮がちに声をかけてきた。

「入っても、いいですか？」

「ええ、はい」

園田の部屋はキッチンに隣接《りんせつ》していて窓が小さい。カーテンも半分引いていたので薄暗かった。

開けっ放しのドアの横に佇《たたず》んでいた藤木が入ってきて、園田はそのときになってどきんとした。

彼の目の前でシャツを脱いではいけない。

ベッドのある個室に入ってもいいといちいち許可しなくてはいけない。

自分が彼にとって性的な対象だということを今さら意識した。

「あの――」

藤木が無言で近寄ってきた。園田は意味もなく慌て、藤木のほうに背を向けて戸棚をかきまわした。

「ちょっと待ってください、消毒液このへんにあるはずなんで」

「すみません」

「いえ。――なかったら、ドラッグストア行ってきますね。野良猫だし、消毒しないと心配ですから…あ、あった」

爪切りのそばに小さなボトルが見つかった。コットンはなかったので、ティッシュに消毒液を含ませ、藤木に渡した。

「大丈夫ですか…?」

親指から手の甲にかけて一筋引っ掻かれた痕があるが、もう血は止まっていた。

「そんなに深くえぐられたりはしてないですね」

「うん、たぶん大丈夫」

タオルで拭いたのだろうが、Tシャツの襟《えり》ぐりから胸のあたりがまだ濡れていて、なんとなく正視できなかった。

「あの。猫さ、――なんか、ごめん」

ティッシュで傷を押さえて、藤木が唐突に謝った。

「餌やったりしてるから、なんとなく園田さんちの猫みたいな気がしてて」

名前みたいに呼ばないでほしい、と思わず口走ったことを思い出して、あんなことで感情的になったのが恥ずかしくなった。

「そんな、謝ってもらうほどのことじゃないですよ」

笑って首を振ったが、自分の中の変なこだわりが気まずかった。

「飼ってるわけじゃないですから。ただ来るもの拒《こば》まずって感じでいるだけで」

「飼うのは、嫌なんですか？」

「嫌っていうか…」

来たり来なかったりがちょうどいい。

燕も巣をかけて雛《ひな》を育て、そのうちいなくなる。毎年同じところに巣を作るけれど、それも必ずではないから期待はしない。それくらいがいい。

「飼うとなると責任ありますし」

藤木はティッシュを手の甲に当ててしばらく黙っていた。藤木はいつも園田の内心を言い当てる。今なにを考えているのかと気になって、沈黙に耐えられなくなったときに藤木が顔をあげた。

「帰りますね」

「え？」

「あなたの嫌なことをしてしまいそうだから」

藤木が傷を押さえていたティッシュを丸めた。

突然帰ると言われて、反射的に顔を上げた。

「次長、……」

「俺のことも名前呼ぶの嫌なんですよね？」

視線が合って、藤木がずっと「名前を呼びたい」と言っていたことを思い出した。

習慣になって会社で出てしまうと恥ずかしいから、と園田は二人きりのときでも「次長」としか呼ばなかったし、真啓《まひろ》さん、と下の名前で呼ぶのも止《や》めてもらっていた。

でも、もう一つ理由があった。そっちのほうが大きな理由だ。

名前を呼ぶと愛着《あいちゃく》が湧いてしまう。

別れるときに辛《つら》くなってしまう。

「――」

なにか言おうとして藤木が口を開きかけ、また黙り込んだ。

「…引き留めてよ」

「え？」

一度うつむいてから、藤木が園田を見つめた。

「帰らないでって言ってよ」

内心を言い当てられたようで、はっとする前に、藤木に腕を掴まれ、引き寄せられた。

「園田さん――真啓さん」

濡れたシャツが冷たい。でもすぐ密着した身体の熱でわからなくなった。

「――…」

園田が顔を仰向《あおむ》かせるのと、藤木が顔を近づけてくるのはほぼ同時だった。

口の中に熱い塊《かたまり》が入ってくる。拒む暇もなく舌をからめとられ、強く吸われた。大きな手が頭を固定し、さらに深く舌が潜《もぐ》ってくる。

情熱的な口づけに巻き込まれ、しばらくこうした行為から遠ざかっていたのに自然にキスに応《こた》えてしまった。

「真啓さん」

押し殺した声に興奮と欲望が滲む。止まらなくなっているのが手にとるようにわかり、園田も勢いに流された。

「俺…あなたが」

切羽詰《せっぱつ》まった声と荒い呼吸に、いつの間にかベッドに押し倒されていた。

「真啓さん――」

カットソーの裾《すそ》から手を入れられ、たくしあげられた。藤木の視線に熱がこもる。自分の身体に欲望をもたれていることがまだピンとこない。

「――きれいだ」

興奮を秘めた掠《かす》れた囁きに、突然耳が熱くなった。

「き、きれいとか」

笑おうとして失敗した。どきどきしているのが恥ずかしい。

「——う、……」

今度は躊躇《ためら》いなく口づけられた。激しく舌を吸われて、何度も顔の角度を変えて唇を噛まれ、舐《な》められる。

「真啓さん——」

掠れた声に情感が溢れていた。

体重をかけられて圧し掛《の》かられ、腿《もも》に欲望を感じる。好きだ、と何回も何回も熱っぽく囁かれた。同性との経験はあるが、高校時代のことだ。どうしてもぎこちなくなる。

「あ、……」

「真啓さん」

指先にキスされ、至近距離で見つめる眸に園田は息を呑んだ。

恋をしている男はこんな目で相手を見つめるのか、と新鮮に驚いた。純粋な愛情と欲望、それ以外なにもない。

藤木が服を脱がせるのに協力してしまったのは、こんなにも誰かに求められたことがなかったからだ。圧倒されたし、拒みたくなかった。

「真啓さん…」

甘い、感動に満ちた声で名前を呼ばれて、園田は薄く目を開いた。藤木は熱に浮かされたような表情を浮かべて口づけてきた。大きな、少し汗ばんだ手が裸の肩を撫で、形を辿《たど》るように腕や手に触れる。

藤木は服を着たままで園田の上にかぶさってきた。激しく抱きしめられて、園田も藤木の背中に腕を回した。布が擦《こす》れて刺激になり、勃起《ぼっき》した。

藤木が包むように触れてくる。

「――…う」

快感と困惑が混ざり合って、園田は腕で目を覆《おお》った。

「真啓さん、顔見せてて」

藤木がそっと腕に触れた。

「顔見てたい」

強引にそうされたわけでもないのに、園田は腕を離した。

「ごめんね」

自分がどんな顔をしているのかわからなかったが、藤木は眉を下げて謝り、額《ひたい》にキスしてきた。まるで自分が初心《うぶ》な女の子にでもなったようでいたたまれない。

「どうしても嫌だったら言って」

声に労《いた》わりと欲望が入り混じっている。

大事にしたいけど触りたい、どうしても触りたい――切羽詰まった藤木の生の感情に触れた気がした。

汗ばんだ手に余裕はない。それなのに藤木の触り方には愛情が溢れていた。好きな人に触っている、好きな人がそれを許してくれている、幸せだ――自分はこんなふうに誰かに触れたことがあっただろうか。

「園田さん、真啓さん」

藤木が徐々に夢中になっていくのがわかった。

ぜんぶを見たい、ぜんぶに触れたい、その強い欲求に巻き込まれ、だんだん園田もわけがわからなくなってしまった。

首筋、腕の内側、脇腹、腿、身体の柔らかいところや敏感なところ、ひとつひとつを藤木が愛撫する。

足を大きく左右に開かされるころには羞恥心《しゅうちしん》もとっくに消えて、激しい口淫《こういん》にひたすら喘《あえ》いだ。どこがどう感じるのか、同性だからぜんぶわかっている。遠い昔に先輩とした行為はほんのお遊びだった。お互いよくわかっていなかったし、もちろんこんな情熱もなかった。

「真啓さん、――出して」

限界まで導いて、藤木が口を離してずりあがってきた。

「真啓さんのいくとこ見たい」

そのかすようなうっとりした声に、園田はぎゅっとつぶっていた目を開いた。

「見せて」

「――」

指での絶妙な刺激と、陶酔《とうすい》したような藤木の視線で、園田はあっけなく決壊《けっかい》した。

突き抜ける快感に息が止まり、一瞬の空白のあと、強い余韻《よいん》に溺《おぼ》れた。呼吸が苦しい。

「――は、あ……」

「次長…?」

汗だくで息を切らしながら目をやると、藤木が「ごめん」と焦ったように離れて行こうとした。一方的に園田を翻弄《ほんろう》して、彼自身はまだ発散していない。

「自分だけ逃げるのはなしですよ」

園田はとっさにベッドから下りようとしていた藤木の腕をつかんだ。されるままで終わりにするのは違う気がした。

彼の情熱に押されたのは確かだが、園田は自分の意思で受け入れた。

「そ、――園田さ……」

藤木のボトムは中途半端にジッパーが下りている。

「いや、で、でも俺」

「だめ」

藤木は激しくうろたえていたが、園田は腕を離さなかった。

「ちょ、あ、――っ」

とっくにいつもの常識など取り落としてしまっていて、園田は藤木のボトムに手をつっこんだ。藤木がぎょっと目を見開く。夏物のカーゴパンツはウエストがゆるくて、簡単に手が入った。

「うぁ…」

さっきまで手慣れた技巧で翻弄していたくせに、ちょっと触られただけで真っ赤になっている。

「その、だ、さ…、あ、ま、まじで俺、む、無理だからっ…」

がちがちになっているものを握るとじっとり熱く、指から脈動が伝わって自分でも驚くほど興奮した。

「――っ、あ…っ」

ほんの少し指で刺激しただけなのに、藤木はびくっと跳ねて前屈《まえかが》みになった。

「――う……っ」

こんな簡単に？　とびっくりしたが、手に濡れた感触がして、藤木は園田の手首をつかんで動かない。

「ひどいよ…」

ややして藤木がはあはあ息をしながら顔をあげた。耳まで真っ赤になっている。

「お互いさまでしょ?」

「そんな言い方ある?」

汗だくで顔を見合わせ、同時に笑った。

「真啓さん、好きだ」

藤木が感激したように抱きしめてきた。園田もごく自然に抱きしめ返した。

藤木はもう「キスしてもいい?」とは訊かなかった。

5

小学生のころは毎年違う学校で始業式を迎えるのが当たり前だった。

園田《そのだ》の父親は金融系の専門職で、やたらと転勤が多かった。学年の変わるタイミングならそこまで目立たないが、学期途中だと自動的に「転校生」という注目ポジションになる。知らない人達に対してどう振舞《ふるま》えばいいのか自然に身についたし、誰とでもうまくやれるようになった。「話しやすそうな人」と思ってもらえるのはなにかとお得だ。

その反面、人に対する執着は薄くなった。

出会いも別れも強制で、自分ではどうすることもできない。

どんなに仲良くなっても、ずっと友達でいようと約束しても、人は距離に弱い。

中高一貫《いっかん》校で一番仲良くしていた友人も音楽留学でいなくなったし、両親はいつの間にか別の相手と再婚していた。

大事にしたいと思っても、どうしようもなく失ってしまう。そういう星の元に生まれたんだろうなあ、と園田は淡々と受け入れていた。

藤木《ふじき》と恋人関係になったものの、今回も短い縁の相手だ。来年には彼は東京に戻っていく。仕方がない。

「藤木次長、ここのところ元気ハツラツって感じですねえ」

得意先から戻り、日報《にっぽう》を書いていると「お疲れ様です」と経理の金子《かねこ》がデスクに栄養ドリンクを置いてくれた。どこかからの差し入れらしく、箱から出して配っている。

「すみません。いただきます」

夕方の事務所は営業が戻ってきて一番活気のある時間帯だ。今年は梅雨《つゆ》が遅いが、六月も半《なか》ばを過ぎて急に蒸し暑くなってきた。園田はありがたくドリンクのキャップを開けながらパーテーションの向こうで専務と打ち合わせをしている藤木にちらっと目をやった。

出張を一区切りとして、ひとまず園田は藤木の補佐を終えていた。

社用車で同行することもなくなり、藤木はパーテーションで区切られたデスクで本社のウェブ会議に参加したり関係各所と打ち合わせをしたりしている。

「来たばっかりのころは仏頂面《ぶっちょうづら》で給料分だけ働きます、みたいな顔してましたけど最近ずいぶん精力的になったなあって」

「話しかけんなオーラは弱まりました？」

園田が冗談半分に訊くと、金子が身を乗り出した。

「それが、こないだ『今まで感じ悪い態度とっててすみませんでした』って唐突に謝られたんんですよ。びっくりでしょー？　なんかあったんですかね」

へえ、と園田も少々驚いた。

金子はおしゃべり好きなだけで、決してイケメンにはしゃぐタイプではない。さらに言えば学生結婚で失敗していて、恋愛や結婚は二度とごめんだ、と思っているフシがあった。親の介《かい》護《ご》でUターンしてきたが、その前は首都圏の会計事務所でばりばり働いていたので圧倒的高齢男性比率の高い菅原《すがわら》スチールでは少々苦労していたようだ。園田が入社して「やっと楽しくおしゃべりできる人が来てくれた～」と喜んでいた。

少し前に話の流れでそのへんを伝えると、自分の誤解に気づいたらしく、藤木は少々バツの悪そうな顔をしていた。反省しているふうだと思っていたが、本人にちゃんと謝るとまでは予想していなかった。

「ま、ああいう眼福《がんぷく》系の人ってわずらわしい思いもしてるでしょうからね。あたしも職場でおしゃべりしすぎなので気をつけます」

「少しくらい気分転換するのはいいじゃないですか。金子さんは仕事早いんですし」

「あ〜やっぱり園田さんは優しいなー」

金子のはしゃいだ声が届いたらしく、パーテーションの向こうの藤木がちらっとこっちを見た。ただの雑談だよ、と園田が目で合図を送るとすぐ気まずそうに視線を逸《そ》らした。感情がすぐ表に出てしまう藤木に、園田はくすりと笑った。

「そういえば、そのとき次長と、園田さんはどうしてここで働いてるんでしょうねって話になったんですよ」

金子がふと思い出したように言って声を潜《ひそ》めた。

「園田さんがこんな小さいとこでルート営業してるのもったいないなってあたしも前からなんでかなって不思議に思ってたんですよね」

「金子さんがそれ言います?」

「だってあたしは親のことがありますし。月末までに仕事の帳尻《ちょうじり》合わせられたらあとは出勤自由にしていいって会社、こんな田舎でそんなないですよ」

「僕も転職ばっかりしてるんで、拾ってもらって感謝してます」

「おお、謙虚ぉ」

園田がはぐらかすと、金子は大げさに笑ってそれ以上追及したりはしなかった。園田は無駄に高学歴なので、面接のたびに同じようなことを訊かれる。まさか「特に仕事にはやりがいを求めていないので家から近いのが決め手です」などという本心を言うわけにもいかないので毎回適当にお茶を濁《にご》していた。

「けど、次長が回心転意《かいしんてんい》したのって園田さんの影響なんじゃないですかぁ？　すっかり仲良しですもんね。こないだも商店街で一緒にコロッケ食べてたでしょ」

「あれ、金子さんも商店街いたんですか？　声かけてくれたらよかったのに」

「あんまり楽しそうだったんで遠慮しました、ってのは嘘で母を病院連れてった帰りだったんですよ。今度は一緒にコロッケ食べます」

　男同士だと「仲良しですね」で終わるから楽だな、と園田は内心苦笑した。庭先にしょっちゅう藤木のクーペが停まっているのも気づく人は気づくだろうが、これも「すっかり意気投合したらしい」くらいで詮索されたことはない。

「園田君、ちょっといい？」

　日報を書き終えて帰り支度をしているとパーテーションから専務が顔を出した。

「ごめんね、忙しいとこ。これちょっと次長に説明してさしあげてくれる？」

「どれでしょう」

　園田が近寄ると、専務は困惑したように打ち合わせ用のノートパソコンを園田のほうに向けた。区域ごとの配送スケジュール表で、園田が作成したものだ。ごく簡単な仕組みなので何度か説明しようと試《こころ》みたが「いいよいいよ、園田君に任せるから」ではねられていた。

「私は専務にお聞きしたいんですが」

藤木は苛立ちを隠さずに声を尖《とが》らせた。

「次長、こちらについては私からご説明したほうが無駄がないかと思います」

「うん、園田君が直接説明したほうが早いよね。私はまだちょっと用事があるから」

園田が助け舟を出すと、専務はそそくさと席を立った。

「こういうの、ぜんぶ園田さんがやってるんですよね」

専務の後ろ姿を見送って、藤木がため息まじりに言った。言いたいことは園田にもわかっている。

「すみません」

あまりに無駄が多かったので、園田は入社直後から営業事務をぜんぶ引き受けて刷新《さっしん》してしまった。本来管理職がするべき業務にまで手を出して責任所在を曖昧《あいまい》にしている自覚はある。

「本社とシステム統合したときに一応こちらもマニュアルは作ったんですが」

「あるんですか」

「はい」

一応周知はしたものの、誰も関心を持たなかったので存在も忘れられている。ファイルを表示させて紙ベースの出力も渡した。

「わかりました」

それでは、と会釈《えしゃく》しながら園田はふと視界に入った藤木の指に目を惹かれた。

この長い指がどれだけ器用に動き、愛情をこめて自分に触れるのか、このひと月ほどですっかり覚えさせられてしまった。

無意識に行為を反芻《はんすう》しそうになって、園田は慌てて目を逸らした。

「園田さん、もう帰られますか？」

自分の席に戻ろうとして藤木に声をかけられた。声のトーンがほんの少し柔らかくなっている。

「はい、そろそろ」

週末は泊まっていくのが習慣になっていたが、平日は互いの仕事次第だ。今日は早く終わりそうだと朝のうちにトークアプリにメッセージがきていた。

金子がお先に、と事務所を出ていき、他の社員も一人二人と退社していく。藤木がスーツの上着に袖《そで》を通しているのを目の端でとらえて、園田も「お先です」と腰を上げた。事務所を出て外階段を下りていると、すぐ革靴の足音が追いかけてきた。

「今日は蒸しますね。雨降るのかな」

さりげなく藤木が横に並んだ。

「一雨きたほうがいいですよね」

仕事上ではもうほとんど絡《から》むこともなくなったが、プライベートの関係がうっかり出てしまわないように会社では一応距離をあけるように気をつけていた。

「ふいにうしろから声をかけられてびっくりした。」の前の行から順に:

夕食どうしようと小声でやりとりしながら二人で駐車場のほうに向かっていると、ふいにうしろから声をかけられてびっくりした。パートのシニア組だ。

「この前言ってた釣《つ》り竿《ざお》、持ってきたんだわ」

「えっ、マジすか」

藤木がぱっと顔を輝かせた。シニア組は全員釣り名人だ。

着任当初は無愛想全開で園田に気を使わせたくせに、自分が釣りに興味が湧くと「釣りしてみたいんですけど」とずけずけ訊きにいって、その週末園田も一緒に釣りに連れて行かれた。穴場スポットで一から釣りを教わり、園田は早々に自分には向かないとギブアップしたが、藤木は熱心に指導を受けて帰りにはそこそこの釣り人に仕上がっていた。

「俺のお古でよければひと竿やるよ」

さっそく渓流《けいりゅう》釣りに必要なもの一式を揃えようとしていた藤木に「徐々に自分の好みのものの揃えた方がいい」とシニア組は孫対応であれこれ熱心に助言《じょげん》していた。その藤木のために選んだお古をそれぞれ持参してきてくれたらしい。

「ちょっと待っとき、今とってくるから」

「いや俺も行きますよ」

じゃああとで、と目で合図して藤木がシニア組と一緒に倉庫のほうに向かっていく。自分の軽に乗り込みながら、園田はその後ろ姿を目で追った。

園田はどこに行ってもすぐ馴染《なじ》めるし、誰とでもうまくやっていける。もし園田が「僕も釣りをしてみたいんですが」とシニア組に頼んだら、彼らは「うん、釣りはいいよ」「今度ぜひ行きましょうや」と和《なご》やかに応じてくれるだろう。そしてそれだけだ。彼らは園田がお愛想で迎合《げいごう》しているとしかとらないはずだし、園田もそれでかまわないと思っている。園田はいつも穏やかにしていたいだけだ。

ただ、少しだけ藤木のことが羨《うらや》ましかった。

藤木は摩擦《まさつ》を起こしがちだが、彼のコミュニケーションは少なくとも自分よりもずっと誠実だ。

家に帰って着替えをしていると、藤木の車が庭に入ってくる物音がした。もう園田はわざわざ出迎えに行かない。あとから来るとわかっているときは鍵をかけないので、藤木もチャイムなど鳴らさず勝手に入ってきた。

「真啓《まひろ》さん？　どこ？」

「ここ」

キッチンの横の部屋から顔を出すと、すぐ近寄ってきた。

「釣り竿、どうだった？」

軽くキスをしてから抱きしめてくる。

「うん、すげえよ。磨《みが》いてくれてるからぴかぴかで中古とか思えない」

「よかったね」

「楽しみだけど、真啓さん一緒に釣り行っても退屈だよね」

「ラジオ聞きながら本でも読んでる。藤木君は好きにはしゃいでくれてたらいいよ」

「はしゃぐって言い方」

口を尖《とが》らせながらも目は楽しそうだ。

藤木は瞬《しゅん》、と名前を呼んで欲しがっているが、もし会社で出ちゃったら恥ずかしいから、と交渉の末「藤木君」で決着していた。藤木の「真啓さん」呼びも「ぜったい外では言わない」という条件つきで許可した。

藤木の「真啓さん」と呼ぶ声にはいつも愛情がこもっている。

何度かキスを交わして藤木は置きっぱなしにしている部屋着に着替え始めた。園田の家がやたらと広いこともあって、藤木はどんどん自分の私物を置いていく。釣り竿も納屋《なや》に置いていくつもりだろう。

一緒にパスタを茹《ゆ》でて、一緒に食べて、交代で風呂に入って歯を磨いてベッドに入った。

園田の部屋のベッドは、引っ越ししてきたときにたまたま閉店セールをしていた大型家具店で買ったものだ。ダブルは大きすぎると思ったが、叩き売りのあまりの安さに「大は小を兼ねる」と買ってしまった。それでも大柄な藤木と二人で寝るにはくっつくしかない。

「真啓さん」

いつものようにキスをしながら毛布の中で服を脱がされる。こういう関係になってひと月ほどだが、園田は自分でも驚くほど順応《じゅんのう》してしまった。藤木は器用だ。あっというまに全裸にされて毎回その手際に驚いてしまう。経験も多いのだろう。

浮気で別れたという前の彼氏はどんな男だったんだろう、とこのごろふと考えてしまう。訊きたいようで、でも知りたくない。

好きになっているんだろうか。

自分のことなのにあやふやで、園田はそろっと藤木を見上げた。

今まで相手の昔の恋人など気にしたこともなかった。

「あのさ、実は俺、今日誕生日なんだよね」

起き上がってカットソーを頭から抜くようにして脱ぎながら、藤木がちょっと気恥ずかしそうに言った。

「え？　そうなの？　言ってくれたらよかったのに」

「そんなの自分から言えないでしょ、って結局言ってんだけど」

常夜灯《じょうやとう》のついた部屋は目が慣れてしまうとかなり明るい。びっくりしていると藤木が笑いながらかぶさってきた。素肌が密着して、髪が頬に触れる。

「もし言ってたら、真啓さんお祝いしてくれた？」

「もちろん」

「ほんとに？」

園田は記念日やイベントにあまり関心がない。季節の伝統行事や催《もよお》しも、ああそんなのあるね、くらいの感覚だ。藤木は逆で、有名な春祭りや花見に出かけたがり、鯉幟《こいのぼり》シーズンには遠出をしてダムの上をはためいて泳ぐ鯉幟たちを見に行った。当然記念日やイベントも大切にするタイプだろう。

「今さらだけど、誕生日おめでとう」

背中に腕を回しながら言うと、藤木がふと緊張したのが伝わってきた。

「…真啓さん、俺お願いがあるんだけど」

もしかして、と園田も少し身構えた。

何度もこうして抱き合って、行為の手順はなんとなく決まってきていた。基本的に園田は完全にされるままで、最後に手を貸したり貸さなかったりする。

同性間の性行為の常識は園田にはよくわからないが、藤木のふるまいを見ていれば、彼が最終的に何をしたいのかはわかる。

その上での「お願い」とは。

「あのさ——俺のこと、好きって言ってくれない？」

「え？」

「無理？」

つい目を逸《そ》らしてしまったのは、自分の下卑《げび》た想像と藤木のお願いの純粋さとのギャップに恥ずかしくなったからだ。園田の態度を誤解して、藤木が「いいじゃん」と拗《す》ねた顔になった。

「一回くらいリップサービスしてよ。減るもんじゃなし」

「それは、いいけど」

「じゃあさ、はい」

「好きだよ」

別にそのくらい、と普通に言ったつもりだった。

それなのに、なぜか自分でも驚くほどどきんとした。

「うわ」

藤木が大きく目を瞠《みは》った。まさかそんな簡単に言うとは思っていなかったようだ。

「うわ、もったいない。もう言った？　聞いたけど、もう言っちゃった？　ええー録音してえ！」

「なにそれ」

「もう一回言って？」

「好き」

「うわぉ」

藤木のリアクションが面白くて、園田は調子に乗った。

「藤木君、大好き」

目を見つめて情感たっぷりに囁くと、藤木が「うぉぉー」と顔を覆《おお》って感激している。もちろん半分冗談で、でももう半分は本気で喜んでいる。

「誕生日おめでとう」

「ありがとう、俺も真啓さん愛してる」

がばっと抱きついてくる藤木に、園田も笑って背中に腕を回した。裸で抱き合ってももう違和感はない。むしろ藤木の大きな身体に馴染んでいる。

「僕はもっと違うことリクエストされるのかなと思ってた」

「違うことって？」

「んー」

「え？　なに？」

もしかしたら自分がしたいと思っていたのかな、と園田は藤木の背中から腰にかけて手のひらを滑《すべ》らせた。学生時代は棒高跳《ぼうたかと》びをやっていたという藤木は、自宅トレーニングだけでまだしっかりした筋肉を維持《いじ》している。

「藤木君に言ってなかったけど、僕は高校のときちょっとだけ先輩とつき合ってたことがあって…」

「は⁉」

迷いながら打ち明けると、藤木に激しく遮《さえぎ》られた。

「ちょ、っと待って、え？　先輩って女の先輩じゃないよね？　だって真啓さん、男子校だったもんね？」

「うん。寮生が七割だったし、そこそこそういうのあったんだよ」

「え、え、え…？」

藤木は完全に混乱して起き上がった。

「そ、それ、もしかして」

「うん」

経験があるのかと言外に訊かれて、園田はうなずいた。藤木がまた大きく目を瞠った。

「マジで⁉」

「高校生だったし、ちょっと遊び半分なところもあって、その、入るのかなって」

「……」

藤木が絶句している。

「でも必ずしもそうしたいって人ばっかりじゃないんだよね？　僕はその先輩とほんのちょっとの間つき合ってただけだからよくわからないんだけど」

「……嘘、だろー……」

藤木が額《ひたい》を押さえてうつむいた。

「黙っててごめん。でもすごい前のことだから本当に忘れかけてたんだよ」

肘《ひじ》をついて半身を起こすと、藤木はまだ身体をかがめたまま驚いている。

「真啓さんって本当に、なんていうか…」

はあっと大きく息をつき、藤木が顔を上げた。一度目を伏せてから、藤木は真剣な表情で視線を合わせてきた。

「俺、ずっとしたいと思ってたんだけど無理だと思ってた。――その…しても、いいの？」

あなたの嫌なことは絶対しない。藤木はその約束を守っている。

「うん」

「ちょっと待って、心の準備が…」

ああ、自分は藤木を好きになってるんだな、と園田はしきりに頬のあたりを擦《こす》っている藤木を眺めながら他人《ひと》ごとのように考えた。

「真啓さん」

そっと名前を呼ばれ、大切に口づけられた。

「好き」

「うん」

押し倒されながら、園田は「僕も好きだよ」と応《こた》えた。

好きだと口にするたびに、なにか甘いものが広がって身体の中が潤《うるお》う気がした。

藤木はとても慎重だった。

ずっと昔、先輩とした行為は今から思えば子どもじみた好奇心の発露《はつろ》に近かった。入った？

入ってる、とびっくりして、あとはちょっと痛かったという記憶しかない。あのときも先輩は
園田が痛い思いをしないようにとそれなりに準備を重ねてくれていた。

「いい…？」

藤木の前髪が汗で濡れていた。

「たぶん」

「痛くない？」

「だいじょうぶ」

さんざんそこを慣らされていたし、藤木は根気強い。

「――――」

「ごめん」

圧迫感にぎゅっと目を閉じると、藤木が手を探して指を絡《から》めてきた。頬や額に口づけられる。

好き、ごめん、と何度も囁かれて、息して、と言われて自分が息を止めていたのに気がついた。

「…ま、ひろさ…、大丈夫？」

園田より藤木のほうが緊張していて、そっと目を開けると心配そうに顔をのぞきこんでいた藤木と目が合った。

「いいよ」

園田が促すと心底嬉しそうに唇にキスしてきた。

「好きだ、――嬉しい」

藤木が細心の注意を払ってくれている。

思わず手を握ると、ぎゅっと握り返してくれた。大事にされている実感に、園田はひどく気持ちが満たされた。

「真啓さん」

奥まで入った。さすがに少し痛い。藤木は何度も額や頬にキスをしてきた。触れる唇が柔らかい。

「――」

藤木が試すように身体を揺すった。不思議な感覚が湧きあがり、園田ははあっと息をした。

「ん、…っ、う――」

徐々に動きは激しくなり、園田はただついていくので精一杯になった。

最後までそこでの快感を得ることはできなかったが、彼の手の中に射精したあと、藤木が自分の中で果てたときにはとてつもない充足感を感じた。

「真啓さん、大丈夫？」

かいがいしく後始末をぜんぶしてくれ、藤木がベッドに戻ってそっと訊いた。

「うん」

さすがに疲れてぐったりしていたが、藤木が隣に来たので、いつものポジションで毛布を分け合った。

「ありがとう。最高の誕生日だ」

あまりに実感がこもっていたので笑ってしまった。

「でも誕生日のプレゼントもするよ」

「いいよ、もう充分」

「欲しいもの本当にない？」

「俺、プレゼントより真啓さんと東京で泊まりたいな」

藤木が思いがけないことを言い出した。

「向こうのマンションそのままだから、空気入れかえがてら向こう行って遊ぼうよ。あ、お盆休みは？」

「お盆前に法事があるから、そのへんは母さんが帰ってくるな」

少し前にメールが来ていたのを思い出した。

「一応ここ母さんの実家だから、一年置きに帰省してくるんだ。今年はばあちゃんの十三回忌《き》もやるからちょっと長くいるかもしれない」

「そうか」

「ごめんね」

「いや、ぜんぜん。それじゃ土日で行こうよ」

「東京は人が多いからなあ…」

話しているうちに眠くなってきた。

「やっぱりなにかプレゼントするよ。ほしいものないの…？」

「真啓さん、眠い？　寝ていいよ」

大きな手が髪をそうっと撫《な》でた。長い指が猫でも撫でるように耳の裏をくすぐり、こめかみを優しく触る。気持ちがいい。

「おやすみ」

「うん……」

愛情に満ちた声に引きずられて、なんだか少し不安定な気分になった。

でもどちらにしても今だけのことだ。園田は小さくあくびをした。

藤木の任期は決まっていて、彼は年内には東京に帰っていく。

6

岩場で藤木《ふじき》が釣《つ》り竿《ざお》を振っている。

ルアーが夏の日差しを反射して光り、しゅっと川面《かわも》に消えた。藤木は速乾《そっかん》シャツとウェット素材のハーフパンツですっかり釣り人スタイルが板についている。腰に下がっている革のループフックは園田《そのだ》が誕生日プレゼントに贈ったものだ。そこに他のキーと一緒についている園田の家の鍵が、本来の藤木のリクエストだった。

そんなのでいいの？　と何度も確認したがそれでいいというので、藤木はせめてものおまけで藤木が愛用している革製品メーカーからループフックを通販した。

「一生大事にします」

これ、と渡したら恭《うやうや》しく受け取り、藤木はわざとらしく誓った。ふざけているようで、本当に喜んでいる。田舎の家では玄関が閉まっていても勝手口は全開、というような防犯意識なので鍵はあってないようなものだが、せっかくの喜びに水を差すのも悪いので黙っていた。

藤木が釣り名人をやっている間、園田は木陰の岩場に座ってラジオを聴いていた。ペット自慢を聞きながらのんびり彼氏の釣りを眺めていると、このところの疲れがほどけていく。

「真啓《まひろ》さん」

いつの間にかうとうとしていて、藤木の声ではっと目をあけた。

「釣れた?」

「見てよ」

軽快に岩を飛び移って戻ってきた藤木は得意満面でバケツを差し出した。夏の日差しを浴びて水面がきらきら光り、中で川魚が三匹身をくねらせている。

「すごい」

「今日は塩焼きだね」

八月に入り、盆休みになった。

藤木とつき合うようになるまで、園田は休みの日にはなにをするでもなく、庭仕事をしたり家で本を読んだりするだけだった。が、藤木はフットワークが軽く、好奇心が強い。一緒に今まで行ったこともなかった地元のお祭りに出かけたり、商店街のイベントに参加したりして、「あらあ偶然!」と金子《かねこ》と遭遇したり「おう、お二人さんも来とったんか」とパートのシニア組にビールを奢《おご》ってもらったりした。

ただ「東京遊びに行かない?」という誘いにだけは乗らなかった。

園田も大学は東京だったが、田舎暮らしに慣れてしまって人の多いところはすっかり苦手になっている。

菅原《すがわら》スチールの盆休みは土日を含めての五日間で、結局藤木は東京には戻らず、ずっと園田の家にいた。

「真啓さんのお母さん、今ごろ北海道かな」

「予定ではそうだね」

そろそろ帰ろう、とキャンプ用の大型バッグにラジオや敷物を片づけながら、園田はなんとなく空を見上げた。毎年お盆が過ぎるころから急に空気が変わる気がする。木立の間から洩れてくる陽光もどこか重たい。

京都で二泊したあと神戸に足を伸ばし、そのあと飛行機で北海道に行くというのが母と母のパートナーのバカンスプランだった。

祖母の十三回忌は先週末無事に終わった。

葬儀会館にぜんぶお任せで、親戚を見送ったあとは三人だけで菩提寺《ぼだいじ》に墓参りもした。

二年ぶりの母は、髪を短くしたせいかずいぶん若返っていた。一緒に雑貨の輸入販売をやっているというパートナーも気のいい人で、園田は特に悪い印象は持っていなかった。むしろいつもぴりぴりしていた父よりも彼のほうが好きなくらいだ。

「お父さんとは、連絡とってる？」

墓参りのあと、菩提寺の駐車場で園田の軽に乗り込みながら母が遠慮がちに訊いた。

「いや、ぜんぜん」

両親の離婚を知らされたのは、大学受験が終わって入学手続きのために久しぶりに家に帰ったときだった。驚いたが、突然という感じはしなかった。寮に入ってから園田が両親に会うのは長期休暇のときだけで、それも社宅はなにかと不便だからといつも母と一緒に今住んでいる祖母の家で過ごした。父が祖母の家に来るのはほんの数回で、両親があまりしっくりいっていないのは肌で感じていた。

「母さんも？」

「用事もないしね」

父の再婚相手の女性とは、一度だけ食事をした。どこで知り合ったのか影の薄い人で、あまり印象に残っていない。父は相変わらず激務で、短いスパンで転居を繰り返しているのだろう。大学卒業までの学費や生活費は父にぜんぶ出してもらっているので、それについてはもちろん感謝している。

「母さん、その髪型似合うね」

バックミラー越しに言うと、母はあら、と目を見開いた。

「ほんとう？　ありがとう。梅津《うめづ》さんに短いほうがいいんじゃないって言われて思い切っちゃったの」

母のほうは再婚してから明るくなった。髪を触りながら嬉しそうにパートナーと目を見合わせて照れている。梅津は母より少し年上で、口数は少ないが温かな雰囲気の人だ。仕事の買い付けで日本に帰国していたときに知り合ったらしい。

梅津と初めて引き合わされたとき、母は離婚に至る経緯《けいい》を詳しく話したそうだったが、園田はあまり興味が持てず、幸せになってくれればそれで、と笑顔で祝福した。いきさつなどどれだけ聞いても結果は同じだ。

「あ、友達が来てるな」

こちらでの宿泊は温泉旅館で、夕食だけ園田も一緒にすることにしていたが、その前に家に寄っていく段取りになっていた。敷地に藤木のクーぺが停まっている。見ると納屋《なや》の戸が開いていた。

「藤木君?」

「あ、すみません、勝手に」

園田が車から降りると、ちょうど藤木が納屋から出て来るところだった。釣り竿とタモを入れたバケツを持っている。休みの日はほぼ園田の家で過ごすようになっていたが、法事の前後はさすがにマンスリーに帰ってもらっていた。

「会社の同僚。藤木君」

誰だろう、という顔をしている二人に紹介すると、母は「あら」と妙に嬉しそうな声を出した。

「初めまして。真啓がいつもお世話になります」

「いえ、こちらこそ。園田さんの家広いので図々しく釣り道具置かせてもらってて」

「よかったらお茶でもいかがですか?」

藤木が帰ろうとしたのを母親が引き留め、思いがけず四人でダイニングテーブルを囲むことになった。

「真啓は小さいころから引っ越しばっかりしてて、お友達ができてもすぐお別れだったのよね。中学からは寮生活だったけど、みんな家は遠いから仲良しのお友達でも家を行き来したりできなかったし」

母親の思い出話を藤木が興味深そうに聞いている。

「同じ釜《かま》の飯を食ったご友人もみなさん優秀なんでしょうね」

梅津が妙に古くさい言い回しで持ち上げるようなことを言った。園田が入った中高一貫校は全国レベルで有名な進学校だ。

「そうなんですけど、優秀すぎて半分以上海外の大学行っちゃったんで、やっぱりぜんぜん会わなくなりましたね。僕はこんな田舎に埋《う》もれてますし」

「園田さんが今のとこに埋もれてるのはもったいないですよね」

藤木が口を挟んだ。

「会社の上の人間なんて園田さんの能力半分もわかってないし」

「そんなことないよ。家から近いし、働きやすくて満足してるよ」

家から近いし、と口にしたときに母親がふと顔を曇《くも》らせた。

「真啓が住んでくれて正直助かってるけど、別に気にしなくてもいいのよ」

「でも放置するわけにもいかないでしょう。それにここ本当に気に入ってるし」

物心ついたときからあちこちやどかりのような生活を送ってきた園田にとって、この家は唯一のよりどころだった。だから母親が「処分に困る」と重荷のような口ぶりになるたび、嫌な気持ちになった。

「眺めもいいし、雰囲気がいいね」

梅津が窓のほうに目をやった。

「真啓が住むっていうから水回りだけリフォームしたの。レトロシックで素敵でしょう」

輸入雑貨の販売をしている二人は好みも似ているらしく、しばらくインテリアについて楽しそうにやりとりしていた。

「真啓は今、誰かいるの？」

新しいコーヒーを淹《い》れようとシンクの前に立った母親が、水きりかごに食器が二組ずつあるのに目をとめた。藤木がちらっとこっちを見た。

「うん、まあ」

「あら」

息子に彼女がいるとわかると、母親はなぜかみなこんな声を出す。園田はぬるくなったコーヒーを飲んで苦笑した。

「真啓君は女の子にもてそうだね。ジェントルで」

「真啓は昔から優しいものね。情緒が安定してるし。引っ越しばっかりさせちゃって可哀想だったけど、どっちかっていったらわたしのほうが参っちゃって。真啓はどこに行ってもすぐ馴染んでくれるから助かったな」

「彼女さんとは、結婚考えてたりするの？」

梅津がひやかすように訊いてきた。藤木が知らん顔をしながら園田の返事を気にしている。

「いや、僕はたぶん結婚しないと思いますし」

「あら、どうして？」

「理由はないけど、あんまり長く続いたためしがないし、なんとなく想像できなくて」

藤木が園田のほうを見た。問いかけるような目に、園田はコーヒーカップを両手で包んだ。

「でも今つき合ってる人とはすごく気が合うし、仲良くやってるから」

「そう。じゃあそのうち紹介してもらえると嬉しいな」

「そうだね、そのうち」

藤木の顔がわかりやすく明るくなった。

すごく気が合って、仲良くしている。それは嘘ではない。でも次に母と会うのは二年後だ。

園田は無意識に藤木から目を逸らしていた。

「真啓さん、お母さん似なんだね」

藤木が川魚をクーラーボックスに移しながら言った。

「そうかな」

「そうだよ。笑うとえくぼできるとこも同じだし」

母親に「今つき合ってる人とは仲良くやってる」と話したことがよほど嬉しかったらしく、藤木はなにかにつけて園田の母親のことを口にする。

それにしても夏の北海道いいなあ、と母とパートナーのバカンスを羨《うらや》みながら車で家に帰った。エンジンをかけるとラジオが自動的に流れて、以前はもっぱら音楽を聴いていた藤木はすっかり園田のラジオ習慣に慣らされてしまっている。

「真啓さん、明日あさってで東京行かない？」

家についてクーラーボックスやバケツをリアから下ろしながら藤木がしょうこりもなく誘ってきた。

「暑いよ」

「こっちだって暑いじゃん」

「人多いし」

「場所によるでしょ」

「そのうちね」

「じゃあ秋になったら？」

食い下がる藤木を適当にいなしながら一緒に家に入ろうとすると、玄関脇の大きな植木鉢に猫が入っていた。

「お、最近よく来るね〜」

「そこ涼しいんじゃない？　ひんやりしてて」

さっそく構おうとしている藤木を置いてさっさと家に入った。餌をちょっとやるだけで放置している園田と違って藤木は根気がいい。最近はすぐ逃げたりもしないらしく、この前は初めて背中を撫でさせてもらえたと喜んでいた。

「どうだった、撫でさせてくれた？」

「また引っ掻《か》かれるのやだからね、無理はしません」

どうやら今日はふられたらしい。

「藤木君は盆休み実家帰らなくてもよかったの？」

途中の無人販売所で買った野菜をシンクに並べながら、ふと気になっていたことを訊いた。

園田の家に入り浸《びた》るようになってから、藤木は一度も東京に戻っていない。

「うん。俺んち親戚もみんな都内でさ、お盆っていっても特になんもしないし」

「藤木君の家って、ご両親は、その」

「ん？　ああ」

たまに電話で話しているのを耳にして、ごく普通の家族なんだなと感じていた。

「うちリベラルなんだよね。高校で初めて彼氏できたとき言っちゃったんだけど、まあさすがにびっくりはしてたけどそんだけで、兄貴も姉ちゃんも普通に知ってる」

「そうなんだ」

「でもまあ、どう感じるかは人それぞれだから、慎重にはなるよ。俺けっこう棒高《ぼうたか》本気でやってたんだけど、部活では絶対ばれたくなかったもん」

それはなんとなくわかる。

藤木は手を洗って園田の横で一緒に野菜を洗い始めた。

「俺が普通に女の子好きになれたとしたら、人生もっとイージーモードだったと思うんだよね」

少し黙りこんでから、藤木が半分独り言のように言った。

「俺はそんなたいそうなもの望んでるわけじゃないんだ。好きな人に好きになってもらって、一緒にいろんなとこ行って、一緒にいろんなことして、一緒に生きていきたい」

「うん」

シンクの中で水がはねる。トマトや茄子《なす》や胡瓜《きゅうり》、夏野菜は色鮮《あざ》やかだ。

「たったそれだけのことなのに、難しいんだよな」

妙に明るい口調で言って、藤木は野菜をいっきにざるにあげた。

「俺、真啓さんと料理するの好きなんだよ。真啓さんは？」

「え？　ああ、うん」

急に訊かれて、へんな返事になった。

「うん、──好きだよ」

藤木が声を出さずに笑った。

「自分だけが好きでもだめなんだよね。そのうち続かなくなる」

そのとおりだ。そのうち続かなくなる。

「真啓さん」

濡れた手のまま藤木が抱きすくめてきた。

すっかり馴染んだ大きな身体に、園田も強く抱きしめ返した。

つまらない本音を言って揉《も》めるのはもったいない。

どうせ今だけだと思っていると、わざわざ口にする必要はない。

7

秋になって空っぽになっていた燕《つばめ》の巣が崩《くず》れた。

しばらくそのままにしていたが、納屋《なや》の片づけついでに藤木《ふじき》が、「来年も燕来たらいいね」

かっていた。
と軒下《のきした》もきれいにしてくれた。気づくともう十一月も終わろうとしていて、季節は冬にさしか
まだ任期は残っているが、藤木の業務はほぼ終了し、最近は社長や専務と同行で外出してば
かりいる。関係の遠いところから順番に挨拶《あいさつ》回りをしているようだ。
赴任《ふにん》してきた当初は園田《そのだ》が同行して無愛想な藤木のフォローをしていたが、今は「そういう
人」と周知されたので楽だと自慢げだった。
「猫、このごろよく昼寝しに来るよね」
「寒くなったからかな」
納屋から家に戻ろうとして、植木鉢《ばち》から三毛のしっぽが垂《た》れているのが目に入った。
初夏から夏の終わりまでは涼《りょう》を求めて軒下のひんやりした植木鉢に入っていたが、最近は日
当たりのいい玄関脇で、暖まった植木鉢に入ってぽかぽか昼寝している。
「しっぽ触らせてくれないかな」
背中はときどき撫でさせてくれるようになったが、ふっくらしたしっぽに手を伸ばすと逃げ
てしまうらしい。
「また引っ掻《か》かれるよ」
「もうちょっとなんだけどなあ。だいぶ警戒しなくなったし」
確かに家に入るために近寄っても顔をあげることすらしない。

「しっぽ動いてるな。今日はやめとこ」

藤木が横目で見ながら諦《あきら》めた。しっぽの動きで機嫌がわかるようになったのはすごい。

「真啓さんは触らせてくれるよね」

「時間だいじょうぶ?」

家に入っていつものようにキスしてこようとしたが、園田は腕時計をかざして見せた。

「えっ、もうそんな時間か!」

田舎の電車は本数が少ない。藤木は慌てて上がり框《かまち》に用意していたリュックと手土産用の紙袋をつかんだ。

本社の会議に出席するため、藤木は週末をはさんで東京に帰ることになっていた。金曜の定例部会に出るのと直属上司にこちらでの業務報告をするらしい。今日は木曜で、ちょうど事務所が突発的な配線工事のために休みになったので園田が駅まで送って行くことになっていた。

もう自分のマンスリーにはほとんど帰らず、藤木は「園田さんち広いからルームシェアさせてもらってるんですよ」と周囲に吹聴《ふいちょう》している。実際その通りで、会社で絡《から》むことはなくなったぶん家に帰ると先に帰ったほうが食事当番というなんとなくのルールまでできていた。

「週末雨降るみたいだから、裏口のとこちゃんと閉めとかないとあそこ水が溜まるよ」

助手席に乗り込んで、藤木がシートベルトをしながら注意喚起《かんき》した。今日も「午前中時間あるから納屋の片づけしとくよ」とどっちが家主《やぬし》かわからないことを言っていた。

「雨どいの位置が悪いんだよな。今度直せないか見てみよ」

「藤木君ってメンテ好きだよね」

「真啓《まひろ》さんの家だからね」

話しているうちに古い駅舎に着いて、藤木が車を下りた。乗降客《じょうこうきゃく》もほとんどない駅前にはコンビニすらない。

自動販売機で缶コーヒーを買って、待合室のベンチに並んで座った。秋が深まり、待合室にはもうストーブが出してあった。朝晩はぐっと冷え込むので、園田もキッチンに石油ストーブを出し、業者に給油を頼んだ。藤木は家の裏にある灯油タンクに業者が給油しているのを物珍しそうに見学していた。

「この前ホームセンター行ったら雪かき用のグッズ並んでたよ」

ストーブに目を止め、藤木が思い出したように言った。もうすぐ藤木は東京に戻る。

「もう少ししたらタイヤ祭りになるよ」

「あー、リース会社から連絡きてたな。今スタッドレス予約したらちょっとお安くしますって」

「年内までなのに、いらないでしょ」

ついそっけない声になった。

「うーん、温暖化で年々積雪《せきせつ》するの遅くなってるけど降るときはどかんと降るって聞いたからなあ」

「そのときは僕の軽で我慢しようよ。もったいない」

短期間なのにタイヤのリース料を払うのは不合理だと思っただけだが、藤木が妙に嬉しそうに頬を緩《ゆる》めた。

「なに？」

「いや、なんかこう、いつも一緒にいるって思ってくれてる感じで。僕の軽で、ってのがこう」

「変なところで喜ぶなあ」

「でもそうでしょ」

缶コーヒーを半分飲んだところでアナウンスが入った。

「じゃあ、また日曜に」

「うん」

久しぶりに東京の友達とも会ってくるとかで、藤木が戻るのは日曜の夕方だ。彼とつき合うようになってから、週末一人なのは考えてみればこれが初めてだった。

「気を付けて」

「うん、真啓さんも」

一緒に東京遊びに行かない？　と以前はよく誘われたが、のらりくらりとかわしているうちに諦めたらしく言わなくなった。

じゃあね、と藤木は荷物を持って改札に向かった。

家に帰ると、玄関脇にはまだ三毛猫がいた。ふっさりとしたしっぽが植木鉢から垂れている。横目で見ながら家に入り、また玄関に出た。靴箱の上に置いてある猫の餌《えさ》パックを手に、そうっとしゃがみこむ。

「みけ…」

小さく呼んでみたが、猫は気持ちよさそうに寝ている。どきどきしながら餌を右手に乗せて猫の鼻先に差し出してみた。

「わ」

寝ていると思ったのに、猫はさっと首を突きだして餌を食べた。びっくりして声をあげてしまい、とたんに猫は身をひるがえして植木鉢から飛び出した。なあああ、と一声鳴いて行きかけ、しゃがみこんだままの園田のほうを向いた。

「え…っと」

まるで「引き留めないの？」とでも言いたそうな動きに、餌で釣ろうか、いやでも、と迷っている間に猫は物陰に消えてしまった。

取り残されて、ほっとため息をついた。なぜ急にこんなことをしてみようと思いついたのか、自分でも謎だ。

餌をいつもの植木鉢の横に置いて家に入った。前線が近づいていて、空気が重い。まだ四時半なのに家の中が薄暗くて電気をつけた。シンクにマグカップとパン皿が二つずつ残っていて、ダイニングチェアには藤木が部屋着にしているプルオーバーが置いてある。急いで片づけ、キッチンのブラインドを閉め、寂しい、と感じてしまいそうなものを遠ざけた。

ラジオをつけると聞き慣れたパーソナリティの声が「週末は大雨になりそうです」と注意喚起していた。藤木に言われた通りに裏口の戸をきっちり閉め、雨どいは自分で直さないとな、と考えた。ここは自分の家なのだから。

金曜は一日中降ったりやんだりで、土曜は朝から土砂降りだった。

少し遅く起きて、カフェオレを飲みながら園田はさてなにをして過ごそうか、と手持無沙汰《ぶさた》に困惑した。

藤木がなし崩しに家にいつくようになってから、休日の午前中はたいていセックスをして過ごしていた。若い恋人は体力が有り余っているが、三十歳のインドア派に労《いた》わりの気持ちもあるようで、平日は無理強《じ》いしない。代わりに休日は朝と夜、かなり濃厚な行為に引きずりこまれていた。

ふとエロティックな気分になって、いやいや、と恥ずかしくなって首を振った。ブラインドから外を覗くと叩きつけるような雨で、裏の雑木林《ぞうきばやし》は白く煙っている。とても外に出る気にはなれない。

スマホには藤木からのメッセージがいくつも届いていた。他愛《たわい》のない内容ばかりで、短く返信してスマホを離した。

着替えるのも億劫《おっくう》で、スウェットにトレーナーのまま軽食をとってまたベッドに戻った。藤木が置いて行ったタブレットで映画を見て、いつの間にかうたた寝をしていた。軽い頭痛で目が覚めると夜中のように暗かった。まだ三時半だ。相変わらず雨足は強く、キッチンの石油ストーブが赤い炎をちらちらさせている。ケトルに水を足し、新しいコーヒーの封を切った。無為に過ごす雨の休日は嫌いではない。ただ冬が近づいてくるこの時期はいつもどこか心細くて物寂しかった。

雨がひどいので猫が来ていないか気になって何度か見に行ったが、玄関脇に猫の姿はなかった。

窓の外は暗く、本当に夜のようだ。

羽織《はお》るものがほしくて自分の部屋のクロゼットを開け、藤木のスーツが吊ってあるのを見ないようにしてカーディガンを取った。

スマホが着信音をたてた。

少し迷って画面を見ると、町内会の当番のお知らせだった。

がっかりしたのを認識したくなくて、ネットニュースを眺め、それから思い切ってトークアプリを開いた。

〈真啓さん、そっち雨どう？　猫が来るかもしれないから植木鉢ちょっと奥に寄せておいたほ

うがいいよ〉

藤木からメッセージが来ていることにほっとして、それから急いで玄関に出た。やはり猫はいなかったし、昨夜《ゆうべ》置いておいた餌もそのままになっている。横殴りの雨になっても大丈夫なように猫の入りたがる大きな植木鉢を移動させ、冷たくなった手に息を吹きかけた。

今日は、藤木は久しぶりに友人たちと会うのだと話していた。

藤木は友達が多そうだ。

無駄な愛想《あいそ》笑いをしないし、心を許さないうちは態度もそっけないが、そのぶん打ち解けてしまえばむしろ情の篤《あつ》いタイプだ。

「俺夏休みもぜんぜん向こう帰らなかったから、おまえいい人できただろって図星つかれた」

金曜は会社の人と飲むことになっていて、土日はプライベートのほうで予定を詰め込んだと言っていた。

園田は初対面でも和《なご》やかに話ができるし、どこに行ってもたいていすぐに馴染める。でも友達はいない。長く続いた恋人もいない。家族もいるけどいなかった。「自分はそういう星の元に生まれたんだな」と諦めて、諦めてからは気が楽だった。

しがみつかず、執着せず、さらさら流されていればまた別の出会いがあり、流れ着いたところで周りの人と仲良くして、また次のところに流れていく。

夜になって警報が出た。

場所的に浸水《しんすい》の心配はないが、風が強く、裏の雑木林から千切れた枝葉が雨と一緒に窓を叩く。雨戸は閉めたが音がすごい。こうなると電波が悪くなってネットも繋がらない。どうっと強風が襲い掛かると振動がして、もう寝てしまおう、と園田はベッドにもぐりこんだ。

寝て起きたら日曜だ。

明日の夕方には藤木が帰ってくる。

でも彼もそのうちいなくなる。

人は距離に弱い。不在に弱い。子どものころから思い知らされ続けてきた。

ずっと仲良くしようね、また会おうね、ぜったい電話する、メールする……

だんだん間遠《まどお》くなる連絡、会えないうちにずれが生じ、いつしか義務になって負担になって、そして失う。

なかなか寝つけなかったが、ごうごう鳴る風と窓を叩く雨の音の中で、いつの間にか眠りに落ちていた。

目が覚めたのは玄関のチャイムが鳴っていたからだ。

「——ん…？」

朝だ。遠慮がちなチャイムの音に、誰だろう、と園田はベッドから起き上がった。時計を見ると八時前で、雨はだいぶおさまっているようだが、まだ降ってはいる。

昨夜はひどい暴風雨だったので、ひょっとすると近所で土砂崩れでもあったのかもしれない、と思いつき、園田は慌てて玄関に向かった。

「真啓さん」

町内会長とか隣組の奥さんとかを予想していたから、玄関先に藤木が立っているのに驚いた。

コートのポケットを探って鍵を出そうとしている。

「えっ？　どうしたの？」

藤木が戻ってくるのは今日の夕方のはずだ。

タクシーが敷地を出ていき、藤木は肩のあたりが少し濡れていた。

「あ、入って」

なにかあったのかと急いで中に入れようとすると、いきなり抱きすくめられた。

「暴風警報出てて、でも真啓さん電話もラインも反応してくんないから心配になって」

まさかの理由に、園田はさらにびっくりした。

「ごめん。でも雨がひどいと電波悪くなるの知ってるよね？」

「そうだろうなって思ったけど、真啓さんが寂しがってるような気がして」

寂しがっている……。

園田はすうっと何かが醒《さ》めていくのを感じた。

いつも藤木は園田の胸の内を言い当てる。

先回りして受け止めてくれる。

でも今は、嫌だ、と強く思った。

心の内側が固くなり、冷えていく。

「寂しいのは藤木君のほうじゃないの？」

わざと冗談にして背中をぽんぽん叩くと、藤木が肩のあたりで笑った。

「うん。寂しかった。真啓さんといつも一緒に寝てたから、一人だとすーすーして」

「僕は久しぶりにゆっくり眠れてよかったよ」

「えっ、ひどいな」

あくまでも冗談めかして園田は藤木の腕を離させた。

「始発で帰って来たの？　疲れたでしょ」

「本当は昨日帰ろうと思ってたんだけど電車止まってたから」

寒いから入ろう、と促《うなが》して藤木と中に入った。ブラインドを下ろしたままのキッチンは薄暗い。

「せっかく約束してたのに、友達に悪いことしたね」

言いながら、自分が彼の友人たちにほのかな嫉妬を感じていたことに気が付いた。

いつでも自分を最優先してくれていたから、自分の知らないところで、知らない人たちと過ごそうとしたのを嫌だと思っていた――彼の仲間にやきもちを焼いている。

「うん、まあ久しぶりだったから…こっち来るときは東京なんかすぐだし絶対毎週帰るって思ってたんだけどね」

藤木が苦笑した。

「そんなもんだよ」

人は案外距離に弱い。

そういう別れを何度も経験してきた。

「でもどうせ来年は東京だし、やつらとはまたいくらでも飲めるから」

それより今大事なのは園田なのだと言いたいのだろうが、園田にはさらにその先まで見通せてしまう。

帰ってしまえば向こうの生活に比重がかかり、徐々に心は離れて行く。「やつら」といるのが楽しくて、「やつら」の中からまた気になる人が現れて、だんだん過去は過去になる。

薄情だとは思わない。目の前からいなくなってしまった人を忘れていくのは自然なことだ。

その上で、園田はずっと藤木に一緒にいてほしいとも思っていなかった。

短い間のことだと思えばこそいろいろうまくいっていたのだ。

「東京のマンション、どうだった？」

ハンドドリップでコーヒーを淹《い》れ、いつものようにキッチンテーブルに座った。ブラインドを上げたが、天気が悪くて薄暗い。

「空気の入れ替えもしてないし、黴《かび》とか生えてたらやばいなと思ってたけど、どうってことなかった。あのさ、正月ってなんかある？　お母さん帰国するとか」

「いや、なにもないよ」

藤木は年内でこちらの業務を終えて本社に戻る。そのころには引っ越しも済んでいるはずだ。

「じゃあ正月は東京来ない？　真啓さんがよかったら俺のマンションいてくれたら嬉しいし、狭くて嫌だったら一緒にどっかホテル泊まってもいいし」

「年末年始は移動する人多いからなあ…」

「ちょっとのことじゃん」

いつもの断り文句を口にすると、藤木が珍しく声を尖らせた。

「ちょっと？」

「ちょっとだよ。ここから俺のマンションまで二時間かかんない」

藤木の目が真剣になった。

ただ正月の話をしているのではない。園田もわかっていた。だからこそ「ちょっとだよ」「二時間かかんない」という言葉が胸に食い込んだ。

藤木はたった二時間、と思っている。

でも園田はそう思えない。すごく遠い。遠いと思ってしまうのは、――藤木を好きになっているからだ。

「遠いよ」

好きになったから、遠いと思ってしまう。

「遠くないって。俺毎週行くから真啓さんも来てよ」

「行かない」

そうだね、といつものように受け流そうとしたのに、自分でもびっくりするほどきっぱりとした声が出た。

「なんで？」

園田は伏せていた目を上げた。

「だって、最初からそういう約束だったし」

藤木が虚《きょ》を突かれたようにわずかに目を見開いた。

「最初から、藤木君がここにいる間だけつき合うって言ったよ」

藤木が大きく目を瞠《みは》った。こんなことを言うつもりはなかった。

わざわざはっきりさせなくても、放っておけば終わる関係だ。揉《も》める必要なんかない。彼が引っ越しするまで楽しく過ごせばいい――そう思っていたはずなのに、我慢できずに言ってしまった。

雨の音が強くなった。薄暗いキッチンで、石油ストーブの火だけがほの赤い。

「でも、真啓さん俺のことす、好きになってくれたんじゃないの？」

「――藤木君がここにいる間だけだって思ってたから」

「ちょっと待って、じゃあ俺が東京帰ったらもう終わりってこと？」

「そうなるよ」

「は？　なんで？　俺真啓さんと別れねえよ？」

混乱している藤木に、園田はどんどん頑なになっていく自分を感じていた。

待つのは嫌だ。

終わりを感じながら待つのは辛い。

だんだん間遠くなる連絡、落胆して、期待して、また落胆して、徐々に薄れていく関心を言い訳しているうちに義務になって、負担になって、そして消えていく。いなくなる。失ってしまう。

寂しいのは嫌だけれど、寂しくなるのはもっと嫌だ。

「最初から？」

押し黙っている園田に、藤木の目がきつくなった。

「最初から、ここにいる間だけだって思ってたの？」

「そうだよ」

「嘘だ…」

「そう言ったよ」

「言った、言ったけど、だって真啓さんも俺のこと」

藤木がテーブルの上に置いていた手をぎゅっと握った。

「俺のこと好きだって、好きになってくれたって、——嘘だったの？」

追及する藤木の声が掠《かす》れた。

「嘘ってわけじゃないけど」

「じゃあなんだよ」

「ずっとじゃないから、藤木君の任期の間だけでいいって約束だったから、それならいいかなって思った」

とっかかりは、確かにそうだった。まあいいかと曖昧《あいまい》な気持ちでうなずいた。

でも今は違う。違うからはっきりさせてしまいたくなった。

藤木が首を振った。わからない、わかりたくない、というように首を振って両手を握った。

「俺がしつこいからしぶしぶつき合ってくれたのはわかってる。でも真啓さんも俺のこと好きになってくれたんだと思ってた。それぜんぶ俺の自惚《うぬぼ》れだったの？」

「そんなことは…」

「男同士ってバレないうちに終わりにしたいってこと？」

「え？」

「田舎はどこ行っても人目あるし、偏見もあるだろうし、真啓さんが不安になるのは当然だよ」

それが彼にとっての一番の負い目なのだと今さら気がついた。

「でも俺、ぜったいバレないようにする。約束する。本当に…」

「ち、違う」

その誤解だけは避けたくて、園田は慌てて首を振った。

「そうじゃない、それは関係ない」

藤木が疑い深そうに眉をひそめた。

「本当に、違うから」

「じゃあなんで？」

「——それは…」

どうしようもなく失ってしまうのが怖い。

本当に好きになってしまったから、遠距離に耐えられない。

何度も何度も喪失《そうしつ》を経験して、失う前に手放す癖がついていた。

期待しない、執着しない、諦《あきら》める。

それが一番楽だ。

でも好きになってしまったから期待してしまうし、執着してしまうし、諦められない。

失っていく痛みに耐えられない。

「なんで？」

問い詰められて園田はうつむいた。

うまく説明できる気がしなかったし、たった二時間の距離と思っている藤木に理解してもらえるとも思えなかった。

なにより子どものころのことをいつまでも引きずっている自分が恥ずかしい。

「——帰る」

黙り込んだ園田に、藤木が唐突に立ち上がった。はっとして顔を上げた。

「あなたの嫌なことをしてしまいそうだから、帰る」

平坦に言って、藤木は玄関のほうに向かった。園田はあとを追いかけた。

「気を付けて」

上ずった声でいつも通りに言って、上がり框《かまち》のところに置きっぱなしにしていた藤木のリュックを渡してやった。藤木は無表情で受け取った。

「傘」

「いらない」

敷地の端に停めているクーペに小走りで乗り込み、エンジンをかけた。ワイパーが雨を弾《はじ》き、フロントガラスごしの藤木の表情は見えなかった。

クーペのテールランプがにじむように消えて行くまで、園田は玄関に佇《たたず》んでいた。

傷つけてしまった罪悪感で胸が苦しい。

玄関脇の植木鉢に猫の姿はなかったし、餌もそのままになっていた。

8

雨は上がり、月曜は快晴になった。

「おはようございます」

月曜は朝礼があるので、営業も全員顔を揃える。

園田《そのだ》がタイムカードを押して事務所に入ると、ホワイトボードに「藤木《ふじき》次長送別会のお知らせ」が貼ってあった。

昨今《さっこん》は会社での集まりそのものが自粛傾向《じしゅくけいこう》で、藤木が着任《ちゃくにん》したときも会議室で仕出しの弁当を食べただけだが、今回は少し早い忘年会も兼ねてのようだ。

藤木はパーテーションの奥でパソコンに向かっていた。顔色が悪い気がしたが、ちらっと見ただけで園田はいつものように朝礼のあと得意先を回り、いくつか現場に立ち寄ってから直帰《ちょっき》した。

陽が落ちるのが早く、家についたときにはもうあたりは真っ暗だった。家の灯《あか》りもついていない。当たり前だ。

自分のマンスリーには滅多《めった》に帰らなくなっていて、藤木の荷物はほとんどこっちに置いてある。着るものはちゃんとあるのか、荷物を取りに来ないんだろうか、とぼんやり考えながら家に入った。冷えた空気にぶるっと身震いをして、園田は何も考えず一人分のパスタを茹《ゆ》でて、一人分のスープを作った。

次の日も、次の日も、起きて、仕事に行って、帰って、寝た。

藤木はなにも言ってこない。

荷物はまとめておいたが取りに来る気配はなく、園田も連絡する勇気が出なかった。

あれきりということは藤木のほうでも別れを受け入れる気になったのだろうか。それとも別れるつもりがないから荷物を取りに来ないのだろうか。

同じことを何度も何度も考えて、嫌になって止めた。

悪いのは自分だ。言わなくてもいいことを口にして藤木を傷つけた。どうせ終わりにするにしても、もっといい別れ方があったはずだ。そう思うと自分が情けなかった。

藤木の送別会は全員が顔を揃えた。

園田はあたりさわりなく笑顔を浮かべ、いつものように和《なご》やかにしていたが、藤木のそばには近づかなかった。藤木はシニア組に絡《から》まれたり、金子《かねこ》と談笑したりして、最後は専務から記念品を渡されて盛大《せいだい》な拍手を浴びていた。

「園田さん」

お開きになって店を出るとき、藤木がそっと近寄ってきた。久しぶりに声をかけられて心臓が跳ねる。

「二十四日、夜家に行ってもいいですか」

「あ、荷物ですよね」

動揺していたので、訊かれたことをちゃんと理解できていなかった。藤木はかすかに眉を寄せた。

「服とかいっぱい置いてったから困ってるんじゃないかと思ってました。まとめてあるんで持ってってください」

藤木はしばらく無言で園田を見つめた。

「あの…？」

藤木はふっとなにかを諦めたように瞬《まばた》きをした。

「荷物もだけど、――一緒にチキン食べたいなと思って」

妙に明るい口調になって、藤木は園田の目をのぞきこむようにして言った。

「だめかな」

「チキン？」

「あとケーキも」

そこまで言われて、二十四日、とわざわざ言った意味がやっとわかった。

「もしかして、クリスマス？」

「そう」

藤木がはにかむように笑った。

イベント好きの藤木にとってクリスマスイブは一大イベントだっただろう。

「いいよ、もちろん」

園田も以前と同じように応《こた》えた。後味の悪い別れにしたくないと藤木も思ってくれたのだと感じた。

「じゃあ」

「うん」

別れのために藤木が来る。

ほっとするような寂しいような心境で、園田は藤木が他の社員たちと挨拶を交わすのを少し離れたところから見ていた。店の前に家族の送迎や運転代行のタクシーが次々にやってくる。藤木は同じ方向の社員と一緒に車に乗り込んで行った。

夜空から白いものが落ちて来て、次のタクシーが来るのを待ちながら、園田はコートの襟《えり》を搔《か》き合わせた。

イブの夜、約束どおり久しぶりに藤木が家に来た。

近所のハム工房がクリスマス用にセット販売しているクリスマスボックスを買ってきて、二人とも甘いものは苦手なのでチーズケーキをシェアした。

「真啓《まひろ》さんはこういうの興味ないのに、いつもつき合ってくれてありがとう」

あたりさわりのない話をしながら食事をして、チーズケーキでノンアルコールワインを飲み、藤木がグラスを揺らしてほのかに笑った。

「そんなことないよ。僕は無精《ぶしょう》だから藤木君がいろいろ誘ってくれて楽しかった」

藤木が目元で微笑《ほほえ》み、「はい」ときれいなペーパーバッグを渡してきた。

「メリークリスマス」

「じゃあ僕も」

今度こそはなにかプレゼントしたいと思っていた。用意していた包みを出すと、予想外だったらしく藤木が目を丸くした。

「ありがとう。開けていい？」

「もちろん。…あれ？」

「あ」

園田ももらったペーパーバッグを開けると、中には薄紙で包まれた上品なベージュのマフラーが入っていた。

「気が合うね」

藤木が笑ってブルーのマフラーを取りだした。定番とはいえどちらもマフラーだったのでおかしくなって一緒に笑った。

「おー、すげ。カシミヤ」

「これもじゃない?」

「ちょっと待って」

藤木が園田の手からマフラーを取って、首に巻いてくれた。園田も自分が選んだブルーのマフラーを藤木の首に巻いてやった。

「ありがとう。大事にする」

藤木が嬉しそうにマフラーに触れた。

一年足らずだったが、藤木のおかげでいろんなところにでかけ、季節のイベントを満喫した。楽しかった。

「ありがとう」

園田もマフラーの手触りを確かめた。

もう来週には藤木は引っ越しをする。

「あのさ」

藤木が少し改まった。

「俺は別れたくないよ」

情熱のこもった静かな眸《ひとみ》で見つめられ、園田ははっとした。心臓が早くなり、藤木の目を見ていられなくなってうつむいた。

「どうしてだめなのか、それだけでも教えてくれない?」

藤木はいつも園田の気持ちを先読みする。嫌だと思うこともあったが、園田はそれに安心したり甘えたりしていた。わかってもらえる、受け止めてもらえることにほっとしていた。

でも、遠距離に耐えられないという気持ちだけは藤木にはわからないだろうし、園田もそれを打ち明けられなかった。

「最初から、そのつもりだったから」

理由にもならないことを繰り返すと、藤木が目を伏せた。

きっと男同士だという好奇の目にさらされないうちに終わりにしたがっていると誤解したままだ。訂正したかったが、できなかった。

藤木はしばらく黙っていたが、諦めたようにうなずいた。

帰り際、藤木は置きっぱなしにしていたものを持ってきたダンボールに詰めて玄関に運んだ。そこから車のリアに積み込む。園田も手伝った。

玄関脇の植木鉢《ばち》に入っていたしっぽの太い三毛猫は、あの大雨の日から姿を消したままだった。藤木が餌《えさ》だけが残されているのをちらっと見た。

「猫、ぜんぜん来なくなっちゃった」

「寂しくない？」

藤木がそっと訊いた。

「ちょっとね。でもそのうち忘れると思う」

来るもの拒《こば》まず去るもの追わず、そして水は流れていくのに任せてなににも執着しない。

「そっか」

藤木の吐く息が白い。胸が詰まりそうになって、園田は夜空を見上げた。冷え込んでいるぶん星がきれいだ。

ダンボールをぜんぶ積み込むと、藤木がそれじゃ、と運転席のドアを開けた。

「気をつけて」

「うん、ありがとう」

園田は両手を脇に入れて暖《だん》を取りながら藤木を見送った。

もうこれで最後だ。

二度と会うこともない。

そう思った瞬間、突然激しく動揺した。

「藤木君」

運転席のドアを閉めかけていた藤木が手を止めた。

「あの、さ、最終日は駅まで送るよ」

車はリース会社の年内終業日までに返さないといけないと話していた。焦《あせ》ってつっかえながら言うと、藤木は少し驚いていたが、すぐ首を振った。

「ありがとう。でもタクシー呼ぶから大丈夫」

なにを口走ってるんだ、と園田は恥ずかしさに耳がかっと熱くなった。

藤木はドアを閉めてエンジンをかけてから、ウィンドウを下ろした。

「真啓さん、これ」

藤木がなにかを差し出した。

「じゃあ」

クーペがゆっくり敷地を出ていく。

テールランプが見えなくなるまで、園田はその場に立ち尽くしていた。

藤木が返してよこした家の鍵は、ひんやりと冷たかった。


藤木が東京に戻る日の朝、園田は何度もスマホで時刻表を眺めていた。

本社会議に出る藤木を送って行ったときは十一時の列車に乗った。平日昼の時間帯は極端に本数が少ないから、今日もたぶん同じ列車だ。

駅まで送るのは断られたが見送りくらいはいいんじゃないか、と考えてはだめに決まってるだろ、と自分をたしなめた。

どうしても落ち着かなくて、ベッドにごろっと横になった。ハンガーにかけているベージュのマフラーが目に入り、体勢を変えて背を向けた。

本当に、忘れられるんだろうか。

一生懸命感情に蓋《ふた》をしていて、ふと恐ろしいことを思いついてしまった。

何度も別れを経験してきて、人は忘れる、記憶は薄れる、と思い知らされた。

でも今度は忘れるのにとてつもない時間がかかるかもしれない。

じっとしていられなくなって起き上がり、習慣的にラジオをつけた。人の声が聞こえると心が落ち着く。ローカル局が好きなのは比較的音楽よりパーソナリティのおしゃべりが多いからだ。

地域の細かいお天気情報、農産物の出来不出来、園田にはさして興味のない話題でもいつものパーソナリティのいつもの声を聞くとほっとする。

聞き慣れた番組のジングルに猫と犬の鳴き声がかぶさった。ペット自慢のコーナーだ。

出会ったばかりの頃は藤木と毎日社用車であちこちに出かけていたな、と懐《なつ》かしくなった。

園田がペット自慢のコーナーが好きなのを知っていて、よく時間を見計《みはか》らってつけてくれた。

『……えーと、今日は猫ちゃん自慢です。横山町《よこやまちょう》のラジオネーム・オロロンさん。最近家族になった猫ちゃんの自慢を聴かせてくれるそうです。オロロンさん、お待たせえ』

ローカル局らしく、ＢＧＭもパーソナリティのしゃべりも素朴《そぼく》な雰囲気に溢れている。

『はい、オロロンです』

若い女性リスナーが待ってました、とばかりに出てきた。

『こんにちは、オロロンさん。えーっと今日は猫ちゃん自慢で。お名前は？』

『なこすけです』

『なこすけちゃんは、オスかなメスかな』

『メスでーす』

『最近家族の一員になったばっかりってメッセージくれてるけど、なこすけちゃんはどっから来たの？』

今日は猫自慢か、と園田はふっつり姿を見せなくなった三毛猫を思い出した。元気にしているのだろうか、と気にかかっていた。

『ひと月くらい前に大雨あったじゃないですか。電車止まるくらい降った日の夜、それまでもときどき庭先に来てたんですけど、なかなか家に入ってくれなくて、でもあの日は雨がひどかったから、おいで、雨やし、って呼んだら初めて玄関入ってくれたんです』

ぼんやりと聞いていた園田は「ん？」と顔を上げた。

『しっぽがふっさふさで、すごく可愛くて、うちの子になってほしいなってずっと思ってたけど、とうとう家で餌食べて、それでうちの子にならんねって訊いたらなぁ～こ、って返事してくれました』

思わず起き上がった。一度だけ聞いた三毛の鳴き声が耳に蘇《よみがえ》る。

『ははは、なぁ～こって返事したんね。それでなこすけ？』

『はい、それでうちのなこすけになりました！』

『なるほどなるほど、じゃあなこすけの自慢をどうぞ～』

『はい、うちのなこすけはめっちゃくちゃかわいい三毛ちゃんです。チャームポイントはふわっふわのしっぽで、うちに来てからさらにほわんほわんのふわんふわんになりました。ね～なこすけ～』

三毛、ふわふわのしっぽ。

特徴がずばり一致した。そしてあの三毛猫は雨の日からいなくなった。

なぁあぁご、と猫の喉《のど》を鳴らす声がして、飼い主オロロンが可愛くてたまらない、という様子で笑った。

『なこすけはけっこうおばあちゃんらしくて、獣医さんが言うにはちょっと弱ってきたから優しい人を見つけて世話になろうかって思ったんじゃないかって。でも病気とかはないし、これからなこすけはうちで美味《おい》しいものいっぱいたべて、長生きしまぁ～す。ねーなこすけぇ～』

「――なこすけ、って」

まだまだなこすけ自慢は続いていたが、園田は呆然とひとり言を呟いて、藤木君がいない、と強烈に思った。

三毛が保護されていたと藤木に教えたい。

こんな形でわかったことも、三毛がよその家の飼い猫になったらしいことも伝えて、一緒に驚きたい。

三毛の話がしたい。会って話したい。

気がつくと園田は家を飛び出して車に乗り込んでいた。

焦ってエンジンをかけ、シートベルト未着装《みそうちゃく》の警告音に慌ててつけた。

会いたい、彼に会いたい。

駅までは車を飛ばせば十五分ほどだ。ぽつぽつ民家《みんか》の点在する畑を突っ切って、今取り締まりに捕まったら確実にスピード違反でキップを切られるなと思いながらアクセルを踏み込んだ。

どうせ前も後ろも車の影ひとつない。

「藤木君」

今さらこんなに切羽詰《せっぱつ》まっても、もういないかもしれない。もっと早い電車で行ってしまっているかもしれない。

駅が近くなり、赤信号に引っ掛かった。園田は上着のポケットからスマホを出した。藤木のナンバーをタップする。出てくれるだろうか。出てくれたら、なにをどう言ったらいいんだろう。なにを話したいんだろう。

コールが二回鳴ったところで信号が青になった。園田はスマホを離した。ハンドルを握った手に汗が滲む。さびれた駅舎が見えてきて、心臓がどっどっと早くなった。

藤木が行ってしまったら、また一人になる。

執着しない、期待しない、諦《あきら》める——この先も、ずっと?

せめてもうどこにも行かないと決めて、あの家に住み続けていた。

古い祖母の家に一人で暮らして、この先も、ずっとずっと一人で?

駅前のパーキングに車を停めてシートベルトを外した。

「藤木君」

助手席に放り出したスマホが着信している。

慌てて耳に当てながら車を下りた。

『真啓さん?』

駅舎の方を見た。入り口のところに長身の男が立っている。見慣れたコートにブルーのマフラーを目にした瞬間、走り出していた。

「真啓さん!」

藤木もスマホをポケットに入れて大きく手を振った。

「電車もう来る! 早く!」

「えっ?」

駅舎の向こうに列車が見えた。一番近くの遮断機《しゃだんき》が下りて、アナウンスが聞こえる。園田は駅舎に向かって全力疾走《しっそう》した。

「藤木君、あのっ…」

「真啓さん、東京行こう」

藤木がいきなり言った。

「一緒に行こう」

短い一言に、園田は強く心を揺さぶられた。はあはあ息を切らしている園田の手を、藤木がつかんだ。

列車がホームに入ってくる。藤木は一度だけ肩越しに振り返り、園田がついてくると確信しているように早足で改札のほうに向かった。

決断を迫《せま》られて足がすくむ。どうしようと焦って、唐突に、あのときさっと逃げていった猫の姿が頭をよぎった。

「――」

本当は家に入ってほしかったし、本当はもっと懐《なつ》いてほしかったし、本当は自分のところにきてほしかった。

ポケットに入れていたスマホを出して、ＩＣアプリをタップした。

がらんとしたホームに列車が停車し、緩慢《かんまん》にドアが開く。園田は小走りで改札を抜け、一番近いドアのステップに足をかけた藤木に追いついた。

「真啓さん」

自分が促《うなが》したくせに、藤木は振り返って顔をくしゃっと歪《ゆが》めた。

胸の奥からなにかが溢れてくる。藤木が手を差し出した。園田はしっかりその手を取って、藤木と一緒に電車に乗り込んだ。

ドアが閉まって、一度がたん、と大きく車体が揺れる。

ゆっくり電車が走り出し、走行が安定するまで、園田は息を切らしながらひたすら藤木を見つめていた。

「――真啓さん」

今にも泣きそうな顔をして、藤木が笑った。

「嬉しい」

車内にはほとんど人がいない。やっと息がおさまって、一番近くのボックスシートに並んで座った。

「俺、もしかしたら来てくれるかもしれないって思ってたんだ」

衝動《しょうどう》にまかせてついてきた園田に、藤木が思いがけないことを言った。

「駅まで送るって言ってくれただろ。だからもしかしたら見送りに来てくれるかもしれないって、期待してた」

どきりとして顔を上げると、強い目がまっすぐ園田を見つめていた。

「もし来てくれたら、真啓さんが口でなんて言っても連れていくって決めてた」

「――」

「なんで来てくれたの？」

思わず目を逸《そ》らした園田に、藤木が顔をのぞきこんできた。

「――違うな。なんで俺は真啓さんにふられたの？」

訊きたいのはそっちだ、というように藤木が質問を変えた。

「俺、なにか嫌なことした？」

「違う。ただ遠距離に耐えられないだけ」

「え？」

とうとう本音を洩らした園田に、藤木がびっくりしたように目を見開いた。

「遠距離、って、だって二時間かかんないし、俺毎週会いに行くよ？　そりゃ無理なときもあるかもしれないけど、でもビデオ通話すれば毎日でも顔見て話せるし、そんな遠距離ってほどじゃ」

「最初はみんなそう言うんだよ」

突き上げてくるものを止められず、声がきつくなった。

「いつでも会える、すぐまた会える。僕も同じようなこと言ったよ。ずっと友達だから。また会いに来るから。でもそんな約束守られない。いつも気がついたらいなくなる」

「ちょっと待って、なんでそんな話になんの？」

藤木が焦ったように遮ろうとしたが、園田は感情的になるのを止められなかった。

「たった二時間じゃない。すごく遠いよ」

藤木が目を見開いた。

「離れて寂しいのは最初だけで、だんだん慣れる。だんだん忘れる。億劫《おっくう》になって、負担になって、面倒になる」

「そんなことねえよ」

「あるよ」

「ねえって！」

「人の気持ちなんか簡単に変わる。そこにいない人は心の中でもいなくなる」

「なんで決めつけるんだよ！」

「知ってるからだよ！」

声が震えて恥ずかしい。でも止まらない。

「何回も何回も何回も、同じこと繰り返したから知ってるんだよ！」

ひゅっと喉《のど》が鳴った。藤木が驚いている。

「ごめ…」

藤木が園田の手を取った。落ち着かせるように軽く手の甲を叩く。

「真啓さん」

「ごめん」

恥ずかしくて顔を上げられない。

藤木が励《はげ》ますようにゆっくり手を握ってくれた。藤木の手は大きくて温かい。

「僕は、いつまでも子どものころのこと引きずってて、――拗《す》ねてるんだと思う。どうせ、みんな、い、いなくなるんだからいい…、って最初から――そんな、よくあることだし、親が離婚したとか引っ越しばっかりしてたとか、そんなことくらいで、いつまでも拗ねてて恥ずかしい」

心の中を誰かにこんなふうに打ち明けたのは初めてだ。

こんなことくらい、と一人で抱え込んでいるうちにいろんなことが澱《よど》んで重くなっていた。

「よくあることでも、真啓さんにとってはよくあることじゃないだろ」

労《いた》わるように言われて、園田はびっくりして顔を上げた。

「だから我慢しなくていいよ。俺なんかむかつくことあったらすぐ愚痴《ぐち》るし、嫌なことは嫌だってごねまくってる」

着任《ちゃくにん》したばかりの藤木を思い出してふっと笑ってしまい、それで少しだけ落ち着いた。

「真啓さんがそんなふうに情緒不安定になってるの、初めて見た」

藤木が感じ入るように呟いた。

執着しない、期待しない、諦める――いつも自分にそう言い聞かせていた。

「僕は、たぶん、人一倍執着心が強いんだと思う」

だからこそ別れにいちいち傷ついたし、祖母の家にこだわった。

「僕は」

急に喉《のど》が詰まって言葉が出なくなった。

「僕は、――」

まだ打ち明けたいことがたくさんあるはずなのに、なにも言えなくなってしまった。カーブにさしかかって車体が揺れ、藤木のほうに身体が傾いた。藤木がもう一度園田の肩を抱き寄せた。泣きそうになって、園田は片手で顔を覆《おお》った。

「俺、真啓さんがうんざりするくらい会いに行くから。それにもう真啓さんは大人になってるだろ？　子どものころは親とか環境に振り回されるしかないけど、大人になったら自由だよ。自分の生きたいように生きられる。俺も行くけど、真啓さんも来て」

「――うん」

いろんな感情がいっきに押し寄せてきて、園田は短く返事をするだけで精一杯だった。藤木の大きな手が園田の手を握っている。

もっと打ち明けたいことがたくさんある。きっと藤木になら正直に話せる。

9

新幹線はそこそこ混んでいたし、久しぶりの東京駅はうんざりするほど人が多かった。

在来線《ざいらいせん》からメトロに乗り換え、藤木《ふじき》のマンションにつくまで、園田《そのだ》はずっとふわふわしていた。

ついさっきまで停滞した家の中で一人丸くなっていたのに、今は藤木と一緒に雑踏の中をすいすい歩いている。なんだか不思議で実感が湧かない。

それでも藤木と目が合うたびに顔が勝手に笑ってしまい、藤木もずっとテンション高く、早く二人きりになりたくて気が逸《はや》った。

「ここ」

藤木のマンションはメトロの駅から歩いてすぐのところにあった。一階にテナントが入っている小ぢんまりとした建物で、藤木の部屋は三階だった。

「狭いよ」

「ほんとだ」

「そこまで実感もって言わない」

思わず目を丸くして、藤木に苦笑まじりにたしなめられた。

「入って」

藤木がうきうきと靴を脱いだ。

玄関をあがるとすぐ簡易キッチンで、スライドドアの向こうが居室《きょしつ》部分だった。ひと目で全部が見渡せてしまう冷え切った部屋に、藤木が急いでエアコンをつけた。

「藤木君、マンスリーの１Ｋ狭い狭いって愚痴《ぐち》ってたけど、こっちのほうが狭くない？」

よく片付いているが、それはベッドとパソコンデスクでいっぱいになってしまう広さだから、というのもありそうだ。

「家賃相場考えてよ。便利さ優先したら狭くなるのはしかたないでしょ。でもここ音漏れはしないよ？」

荷物を置いてコートを脱ぐと、意味ありげに言って、さっそく藤木が抱き寄せてきた。

「声気にしないといけないのは藤木君のほうなのでは？」

セックスのとき、藤木はやたらと園田の名前を呼びたがる。

「真啓《まひろ》さん今日なんか意地悪だね？」

「そんなことないよ」

ただ憑《つ》き物がおちたように正直な気持ちが口をついて出てくるだけだ。

ちゅ、ちゅ、と頬や額《ひたい》にキスをしてくる藤木に応《こた》えながら、園田は不思議な感慨《かんがい》に打たれていた。

自分でも気づいていなかったいろんな枷《かせ》がとれてしまった。たった数時間で目に映るものや感じることがぜんぜん違っている。

「シャワー、あっち?」

キスを繰り返しているうちに欲望が駆け上がってきて、園田はせっかちに訊いた。

「うん」

いつもはスロースターターの園田が早くしたい、と意思表示したことに藤木が少し驚いた様子でうなずいた。

ちょっと待って、と藤木がシャワーの温度を調節してコックをひねった。

「どうぞ」

「一緒にしない?」

そのほうが早い。さっさと脱ぎながら誘うと、今度こそ藤木が大きく目を見開いた。

「なに?」

「いや、だって真啓さんが積極的だから…」

積極的と言われて恥ずかしくなったが、目を逸《そ》らす前にがばっと抱きしめられた。

「嬉しい」

かろうじてトイレとは別の狭いユニットバスで、一緒にシャワーを浴びた。

「くすぐったい」

藤木がソープをつけて身体を撫でてきた。肩から胸、腕と甘い香りが広がっていく。自然にユニットの壁に背中を預け、藤木の肩にすがった。性感が高まり、呼吸が湿る。興奮した藤木が身体をこすりつけてきて、あっという間に限界まで追い上げられた。

「あー、だめだ」

藤木が切羽詰《せっぱつ》まったように言ってシャワーを止めた。

「久しぶりだから我慢できない」

ゆっくり愛し合うには余裕がなさすぎる。ろくに身体も拭《ふ》かずにバスから出ると、そのままベッドにもつれこんだ。

「真啓さん」

舌を舐《な》められ、口中《こうちゅう》を貪《むさぼ》られ、猛烈な勢いでむしゃぶりつかれる。

首から肩、腕と甘噛みされてあちこちに吸いつかれた。

「真啓さん、真啓さん…」

エアコンが効きすぎるほど効いていて暑い。汗ばんだ肌が密着し、さらに性感を煽《あお》った。

「——真啓さん?」

溢れる欲望のまま、園田も藤木の手をとって指をくわえた。

「え」

手首からひじへと舌を這わせる。こんなことを、初めてした。ただ衝動にまかせてそうしただけだが、のしかかっていた藤木が驚いて動きを止めた。

園田は上目遣いで藤木を見ながらもう一度指をくわえた。

「ちょ、っと待っ…、」

藤木が焦《あせ》っているのがおかしくて、調子に乗って品のないリップ音をたてて吸った。フェラチオをしているようにただ指を舐めているだけなのに興奮が募《つの》る。

舐めるのが好きなのかもしれない。

さほどセックスにのめりこむほうではなかったから、自分がリードするときでも行為は淡泊だった。

「ま、真啓さ…ん」

藤木が焦ったように強引に手を離させた。唾液《だえき》が糸を引いて唇を濡らす。

「ああ、くそ」

頭に血が上ったように、藤木は起き上がると園田を乱暴にひっくり返した。ぐいっと腰を持ち上げられる。

明るい部屋で腰だけ高く上げさせられて羞恥で一瞬竦《すく》んだが、すぐ期待でいっぱいになった。

「あ、あ――ぅ……」

激しい口淫《こういん》に、理性が溶ける。

気持ちがいい。すごくいい。喘《あえ》ぎはシーツに吸い取られ、園田はひたすら快感に溺《おぼ》れた。

「う、う、あ――…」

これから彼を受け入れるところを執拗《しつよう》に責められて、もうその快感を知っている身体は熱を持って待ち構えている。

汗がこめかみを伝い、シーツに落ちた。はあはあ息を切らし、園田は顔を横に向けて「して」と訴えた。

自分でもどきっとするほど濡れた声に、藤木も動きを止めた。

「もう、もう――あ、し、して」

藤木が無言で起き上がった。

「このまま、していい…？」

興奮しきった声に園田はぎゅっと拳《こぶし》を握ってうなずいた。

「は、――あ……」

痛いくらいに勃起《ぼっき》していて、それを後ろからゆっくりしごかれた。よく知っている快感に身体が緩《ゆる》む。

「一回、いく？」

「いい」

それよりはやく、と身体を揺すった。

大きな手が離れ、藤木が器用に体勢を整える。園田はゆっくり息を吐いた。

疼《うず》いているところに熱い塊《かたまり》が押しつけられる。

「ん、――…ふ、…っ」

「痛くない?」

「大丈夫…、だから…もっと」

思い切り奥までほしい。

「久しぶりだから、ゆっくりしよう」

もどかしい感覚に、園田は首を振った。

「ゆっくり、しなくてい、…いから…、もっと、奥、…」

藤木は園田の好きなところはよく知っている。

腰をホールドして、角度を合わせてぬっと入ってくる。

「あ」

勝手に声が洩れた。

どうしてこんなところが感じるのか、と最初のころはひたすら驚いていた。

どうしようもなく感じる。思考に霞《かすみ》がかかり、そのぶん快感に深く沈んでしまう。

「真啓さん」

「――っ、は、…っ、あ、あ、…っいい、そこ、もっと、……」

藤木が手加減できなくなって、急に動きが激しくなった。興奮に引きずられ、どんどんボル

テージが上がる。

「藤木君、…、あ、……」

波が連続できて、園田は一気に高みに連れていかれた。

中が痙攣《けいれん》する。気持ちがいい。

まひろさん、と掠《かす》れた声がして身体の奥で藤木が脈動するのを感じた。

「――」

射精すると同時に中でも感じて、園田は声もなく達した。快感にうちのめされて、ほろっと涙が落ちた。

「あ、う…ん」

彼が出ていく感覚に、ぞくんと震えた。

「まひろさん」

はあはあ息をきらしながら、藤木が顔中にキスしてくる。園田もなんとかキスを返した。

「最高だった…」

うん、と手を伸ばして藤木の手をとって指にキスをすると、腿《もも》に触れていた彼がまたぐっと力を持つのがわかった。

「え?」

「真啓さんのそれ、やらしすぎるよ」

びっくりしたが、指を舐めたのが、よほどインパクトが強かったらしい。確かにさっきはエロティックな意図をもってしゃぶったが、今はただ指先にキスしただけだ。それなのに藤木の目のふちが赤くなっている。

「ごめん」

「ごめん、って」

「もう一回、いい？」

あっという間に回復して、藤木がまた挑《いど》んでくる。

熱烈に求められ、園田もまた興奮に引きずり込まれた。

疲れ果てるまでセックスして、そのまま少し眠ってしまった。

気がつくと藤木に抱き込まれるようにして一緒に寝ていた。園田はぱちぱち瞬《まばた》きをした。壁掛けのデジタル時計が19：26と表示している。

エアコンの稼働音《かどうおん》しか聞こえず、とても静かだ。

藤木を起こさないようにそうっと起き上がり、しばらく彼の寝顔を眺めた。

こんなに満たされた気持ちになったのは初めてだ。

今までこだわっていたことをぜんぶ手放してしまい、園田は清々《すがすが》しい気分でひとつ伸びをした。

「真啓さん…？」

「あ、ごめん。起こした？」

藤木が無言で園田のウエストに腕をまわしてきた。甘えるような仕草にくすっと笑い、園田はまた横になった。すかさず藤木が腕枕をしてくる。

「そういえば、真啓さんちに迷い込んでた三毛猫、保護されたみたいだよ」

園田の髪を指先で弄《もてあそ》んでいた藤木がふと思い出したように言った。

「もしかして、藤木君ラジオ聴いた？」

びっくりしたが、園田の反応に藤木も目を丸くした。

「うん、駅の待合でラジオ流れてて。真啓さんも聞いてたんだ」

「びっくりした」

「あれ絶対三毛だよね？」

「三毛だと思う」

早口で確認しあい、同時に笑った。

「それで、なんだっけ、名前つけられてたよね？　えっと、な、な…」

確か鳴き声にちなんだ名前だった、と思い出そうとしていると、藤木が「なこすけ」と言い当てた。

「そうだった！　なこすけだ」

「可愛がられてるみたいでよかったけど、もう来ないと思ったらちょっと寂しいね」

植木鉢《ばち》からぶらぶらゆれるしっぽを思い出し、とうとう一回も触らせてもらえなかったな、と園田も少々残念だった。

「でも藤木君は僕がうんざりするほど来てくれるでしょう？」

「もちろん」

藤木が力強く請《う》け合った。

「真啓さんが引くくらい行くよ」

来てくれるのも嬉しいが、できれば気兼ねなく会えるようにこっちで就職してもいいけどな、と園田はちらりと考えた。

「そんで真啓さんも来てよ？　狭いけど」

「うん」

えり好みさえしなければ職はすぐに見つかるだろうし、祖母の家は別宅として確保しておけばいい。どうせ二時間かからない距離だ。

すっかり身軽な気分になって、園田は楽しく算段した。

別れに傷ついて頑《かたく》なになっていた小さな自分はもういない。

好きな人のところに、好きなように行ける。

「真啓さん」

藤木がとろけるような笑顔を浮かべて顔を近づけてくる。園田も笑って口づけを交わした。

1

朝から降ったりやんだりを繰り返していた雨は、夕方になってようやくすっきりと上がった。

コワーキングスペースの嵌《は》め込み窓から薄日が差し込み始めていて、藤木《ふじき》はラップトップから目を上げた。一時利用《ドロップイン》の個人ブースは目の前が窓で、濡れたアスファルトの交差点が見下ろせる。カートを引いた外国人観光客の一団や、制服の高校生、揃いの制服を着たショップ店員など、雑多《ざった》な人が行きかうのを眺めながらすっかり冷めたペーパーカップのコーヒーを一口飲み、それから藤木はさりげなく振り返った。

急ぎでもない持ち帰り作業をしているのは、園田《そのだ》の打ち合わせが終わるまでの時間つぶしだ。

窓際に一列に配置された個人ブースのちょうど後ろがミーティングスペースで、園田を含む若い男女五人が、サンプルらしいショップバッグやウッドボックスを囲んで熱心に意見交換している。

「それじゃ追加で発注かけときましょうか」

「ホワイトは？　これ可愛《かわい》いからすぐなくなりそう」

「可愛いよね、ロゴとかちょっとレトロで」

「じゃあ百追加でどうですか？」

これはまだだいぶかかりそうだな、と判断して、藤木は空《から》になったカップを手に立ち上がった。園田が気づいてちらっとこちらに視線をよこす。待たせてごめんね、と目で謝ってくるので、藤木も気にしないで、と小さく首を振った。

園田と気持ちを確かめ合ったのが年末で、あっという間に四月になった。

遠距離になっても絶対に真啓《まひろ》さんに寂しい思いはさせないぞ、と藤木は強く心に誓っていたが、今のところその決意はあまり意味を持っていない。園田のほうがイベントスタッフとして毎週末上京してくるからだ。

きっかけは、同窓会だった。

正月休みは園田の家で過ごして、すぐまた来るからね、と約束しようとしたら、同窓会があるから次の週末は僕が上京するよ、と言われた。

「毎回億劫《おっくう》でスルーしてたんだけど、藤木君のところに行きがてら、顔出してみようかなと思って」

高校のときの寮生たちは世界各地に散らばっているので、正月時期に帰国している者で集まろう、と毎年一月に東京でゆるい同窓会を開いているらしい。

そしてそこでイベント会社で働いている先輩に声をかけられ、園田は期間限定で手伝いをすることになった。

「毎週末藤木君に会いに行けるし、ちょうどいいかなって」

園田が手伝うことになったイベントは、GWに開催される商業施設のフードフェスタだった。年に一回開催されている定例イベントで、近隣の野菜農家や農業高校の有志が採《と》れたての農産物を販売し、地元産の素材を生かしたスイーツや軽食の屋台が並ぶ。

今年はさらにご当地アイドルを呼んで例年より規模が大きくなるとかで、開催期間も二日間から三日間に延長された。そのぶんスタッフにかかる負担も大きくなるので運営全般のフォローを誰かに頼めないかと探していたらしい。

毎週会えるのは嬉しいが、最初は「手伝い」だったはずが徐々にメインスタッフ並みにあてにされるようになって、ゆっくりデートをする暇もなくなってしまった。今となっては早く終わってくれないか、というのが藤木の本音だった。

「それじゃこれで搬入数《はんにゅうすう》は決定しますね」

「最終調整は以上で、もう動かせませんからもう一回それぞれ確認お願いします」

イベントは来週だ。

大詰めらしいやりとりを聞きながらミーティングスペースの横を通ると、園田の隣の男が視線をよこした。園田を誘った「先輩」の安達《あだち》だ。園田の一つ上で、今のイベント会社に転職する前は外資系メーカーのマーケティングをやっていたらしい。ひょろっと背が高く、細身のセットアップがよく似合っている。今日は打ち合わせのあと三人で食事をする約束になっていたので、安達も長引いててごめん、のアイサインを送ってきた。大丈夫です、と笑顔を返す。

一つ上の先輩に頼まれてちょっとだけ仕事を手伝うことになった、と園田から聞いたとき、藤木は嫌な想像をした。

「もしかして、その先輩って真啓さんの元カレ？」

園田は中高一貫《いっかん》校で寮生活をしていたときに「ほんのちょっとだけ」一つ上の先輩とつき合っていた。同窓会と聞いたときから再会するんじゃないかとひそかに気を揉《も》んでいたから、この人だよ、とスマホで同窓会のときの写真を見せてもらい、藤木は真っ先にそれを訊いた。

「元カレ…？　ああ、いや、安達さんは違うよ」

園田は「元カレ」と言われてもピンとこなかった様子で、少し考えてから苦笑して首を振った。

「佐藤《さとう》先輩と仲は良かったけど。そういえば、佐藤先輩どうしてるのかなあ」

佐藤というのが元カレの名前のようだ。

強く求められると「嫌いじゃないし」でつき合ってしまう園田の流され体質のおかげで藤木も恋人にしてもらえたわけだが、園田の初めての男に対しては「真啓さんの来るもの拒《こば》まずな性格を利用しやがって」と猛烈《もうれつ》に嫉妬していた。それだけに、園田の中で「取るに足りない過去」として処理されている様子に内心で溜飲《りゅういん》を下げた。

「安達さんも佐藤先輩とはずっと会ってないみたいだったし、長いことこっちには帰ってないんじゃないのかなあ」

のほんとそんなふうに言うのを聞いてほっとしたのも束《つか》の間《ま》、しばらくすると今度は「安達さん」が気になりだした。

つき合っていたこと自体忘れかけている元カレより、現在進行形で親密な相手のほうがよほど心配だ。実際問題、今となっては園田が東京で一緒にいるのは自分より「安達さん」とのほうが長いのだ。

「明日は安達さんが車出してくれるから早めに出るね」

「この店、安達さんが美味《おい》しいって言ってたよ」

「これ、安達さんにお土産《みやげ》でもらったコーヒー」

安達の名前が出るたびにもやもやしていたが、面倒くさいと思われそうで詮索するような言動は謹《つつし》んできた。が、ついに昨日、我慢しきれなくなった。

「あのさ。安達さんって、もしかしてゲイ?」

「え?」

またしても安達の名前が園田の口から出て、たまらずずっと怪しんでいたことを直球で尋ねた。

園田はきょとんとしてから、急に何かに気づいた顔になった。

「安達さんはゲイじゃないよ。奥さんいるし」

「あ、そうなんだ」

「ごめん、安達さんのことが気になってたんだね？」

やきもち焼きの重い男だとうんざりされたかと心配していたのに、園田は呆れるどころか申し訳なさそうに謝った。

「毎週藤木君に会えるし、ちょうどいいかなって引き受けたんだけど、思ったより関わる部分が増えちゃって、なんだか本末転倒になっちゃってるなあとは思ってたんだ」

「いや、それはしょうがないし」

できる人間のところに仕事が偏《かたよ》ってしまいがちなのは世の理《ことわり》だ。ごめんね、と重ねて謝られ、藤木は慌てて首を振った。

「俺のほうこそ、変に勘繰《かんぐ》っちゃってごめん」

「安達さんは、僕が彼氏に会いたくて上京してるのも知ってるよ」

「そうなの？」

「同窓会に出たときに、つき合ってる人が東京にいるから、今年はちょくちょく東京に行くつもりなんですって話したら、それならついでに俺の手伝いもしてくれない？　って流れだったから」

嬉しい言葉の連発に、藤木は他愛《たわい》もなくとろけた。

「真啓さん疑うみたいなこと言って、本当にごめん」

「気になるのは理屈じゃないからしょうがないよ」

寛大な恋人はどこまでも優しくて、浮気ばかりされて傷ついていた藤木を思いやってくれる。

「それじゃ明日、安達さん紹介しようか。直接会ったらへんに気にしなくて済むと思うし」

そんなわけで、今日の打ち合わせの後に三人で食事でも、ということになっていた。


「初めまして、藤木です」

「安達です。よろしくね」

打ち合わせが長引いたので、近いところにしよう、とコワーキングスペースの並びにあるカフェレストランに入った。広い店内の中央にはビール醸造《じょうぞう》のタンクがオブジェのようにライトアップされている。中二階もあって開放的な内装だ。奥のソファ席に落ち着いて、改めて挨拶《あいさつ》し合った。

「園田借りっぱなしで、ごめんな。本当はこんなに頼るつもりじゃなかったんだけど、仕事早いしフォローうまいしで、つい甘えてて」

安達が言い訳めいた口調で謝った。このタイミングでわざわざ彼氏に紹介したいと言われたら、たいてい理由は察しがつくだろう。

「こちらこそ、お忙しいのにすみません」

少々気まずかったが、こうして紹介してもらえれば変に勘繰ったりあれこれ考えたりしなくてすむ。

七時を過ぎたところで、入ったときには半分ほどだった客が、ドリンクが運ばれてきたときにはほぼ満席になっていた。活気のある店内の雰囲気もあって、初対面の緊張もほとんど感じずに済み、園田との馴《な》れ初《そ》めを訊かれたり、今回のイベントについてのあれこれで話が弾《はず》んだ。

「イベントプランナーってほんと体力勝負だからね、好きじゃないと続かないよ」

とんでもないトラブルや不可抗力《ふかこうりょく》のアクシデントを面白おかしく話して、安達がわざとらしくため息をついた。

「安達さん、高校のときも学祭実行委員長してましたもんね」

「子どものころからお祭りが大好きなんだよ。大学でも学祭実行委員会で企画部長やってたし。外資《がいし》のマーケも面白かったけど、やっぱり俺はこっちだなと思ってさ」

「そういえば、三上《みかみ》も結局モーターの開発やってるベンチャーに転職したって言ってましたね」

「自分の興味分野で仕事選ぶやつと、旧来《きゅうらい》組織でがっつり上に行くやつとできっぱり分かれる感じだよな」

そこから高校時代の知り合いについての噂話になった。当たり前のように国際機関やグローバル企業の名前が出てくるので、藤木は内心鼻白《はなじろ》んでしまった。園田の元カレもロンドンで法務関係の仕事についているらしい。

「やっぱりエリート輩出《はいしゅつ》校は違いますね」

ついそんな感想が口をついた。

「まあね、上も下もエリートばっかで、同窓会なんか凹《へこ》みに行くようなもんよ」

「でも安達さん、同窓会で一番楽しそうでしたよ？」

園田がからかうように言う。

「そりゃぜんぜん知らない世界の話聞けるのは単純に楽しいよ」

「僕もです。三上のモーター、実現したらすごいなってびっくりしたし」

「園田はどうなの」

安達が軽く訊いた。

「僕ですか？」

「みんななんで園田が田舎でくすぶってるんだって不思議がってるよ。なんか事情があるんだろうなって慮《おもんぱか》って誰も訊かねえけど、別になんもなさそうだよな？」

「なにもないですよ」

園田が笑った。笑うと頬にえくぼができて、藤木はこれに弱い。

「僕は安達さんとか三上みたいに特別したいことがあるわけじゃないし、他の人みたいに猛烈に働くのも気が進まないし」

「もったいねーなあ！」

小さく叫び、「なあ？」と同意を求められ、藤木は素直にうなずいた。

園田が有能なことは藤木もよく知っている。

菅原《すがわら》スチールに出向《しゅっこう》したとき、藤木は非効率な業務作業が山のようにあるだろうなと覚悟していた。本社とのデジタル統合は比較的スムースにいったと聞いていたので、優秀な若手が一人くらいはいそうだが、社員の平均年齢から考えても業務刷新《さっしん》がすんなりいくとは思えない。ところが実際に着任《ちゃくにん》してみると、驚いたことにすべての業務は最適化されており、無理のない運用体制が構築されていた。コンサルタントを頼んでもなかなかここまで洗練されない。しばらくして、デジタル統合を担当した「優秀な若手」が園田で、営業事務も一手に引き受けて刷新してしまったのだとわかった。通常のルート営業もこなしつつ、他の社員のデジタルツール指導までしていた。

頭の固い昔ながらの営業マンも、物柔らかで根気づよく、なにより教え方が抜群《ばつぐん》にうまい園田には前向きな姿勢を見せていて、地方の零細《れいさい》企業とは思えないほど業務の生産性は高かった。経理にも有能な女性が一人いて、この二人でバックオフィスは完璧に整っていた。

おかげで本社の地方流通調整に集中でき、結果として藤木は相当の成果をあげることに成功した。園田は「藤木君の実績だよ」と言ってくれるが、本社に戻った藤木の職位《しょくい》が一つ上がったのはどう考えても園田の存在あってのことだ。

「頼りっぱなしで言うのもなんだけど、本当に園田、仕事できるもんなあ」

安達が実感のこもった声で言った。

「ですよね」

藤木の同意も実感がこもる。

「買いかぶりすぎですって」

園田が困ったように笑って首をすくめた。

「実際に一緒に仕事して言ってるんだから間違いねーよ」

安達が「もったいない」を連発し、藤木も同感ながら内心複雑だった。

惚れた欲目を差し引いても、園田は本来自分などにはとても釣り合わない相手だ。

藤木はそっと隣に座っている園田を眺めた。

本人は自分を「地味な見た目だ」と思っているようだが、ただ派手さがないだけで、園田の容姿は不思議に人を惹《ひ》きつける。藤木も完全に一目惚《ひとめぼ》れだった。寒い地方の人に多い肌理《きめ》の細かい肌や、少し潤《うる》んだ黒目がちな瞳、なにげない表情や仕草にも品がある。

地方の零細企業を馬鹿にするわけではないが、菅原スチールで出会っていなかったらあんなに強気には押せなかっただろうな、と思う。こぢんまりとした会社で、サポート社員としてついてくれたからこそ気後《きおく》れせずに親しくなれたし、好きになるスピードにも勢いがついた。

彼の能力をちゃんと理解していない会社で働いているのは、確かにもったいない。もったいないが、自分的にはありがたい、というのが正直なところだった。

「園田ってなんでも出来るわりに受け身な性格だから、彼氏に会いたいからできるだけ東京行くつもりなんですって言うの聞いて、ちょっとびっくりしてたんだよ」

園田が手洗いに立って二人になると、安達が冷やかすように笑った。

「園田がバイなのは知ってたから彼氏がいるのは別に驚かなかったけど、あいつわりとクールだろ？　熱量低いっていうか。よっぽど藤木君のこと好きなんだろうな」

安達との仲を邪推《じゃすい》していたと知ってのリップサービスもあるだろうが、そんなふうに言われるとやはり嬉しい。

「実は俺、来年には独立しようと思っててさ。園田スカウトしたいんだよ。藤木君、協力してくれない？」

安達が少し身を乗り出して、思いがけないことを言い出した。

「園田がこっち出てきたら藤木君も嬉しいだろ？　園田ならいくらでもいい仕事探せるだろうけど、当面俺と組んでくれたらラッキーだなと思っててさ。スタートダッシュ決めたいんだよ」

「それ、真啓さんには話してるんですか？」

「それとなくね。ひとまず次のイベントも手伝ってくれないかなってふんわり頼んでるとこなんだけど、やっぱ週末だけだと厳しいみたいでさ。だからいっそのことこっち出てきてくれたらなあって」

上京してくるように、藤木君も園田の背中押してみてよ、と頼まれた。

真啓さんの背中を押す。

そうですね、ととりあえず相槌《あいづち》を打ったものの、藤木はあまり気乗りしなかった。どうしてなのかはわかっている。

自分の器《うつわ》が小さいからだ。

今日の打ち合わせを離れたところから観察していて、藤木は女性スタッフの一人が園田を意識しているのに気がついた。別の男性スタッフは園田の発言にいちいちおおげさなくらい同意していて、これまた気になった。二人とも都会的な雰囲気を身につけていて、園田と並んでもしっくりくる。藤木は一人でやきもきした。

田舎で家と会社の往復をしていれば、園田の周囲にはそんな相手はほぼほぼいない。だから今のままでいてほしかった。

園田は浮気をする性格ではないが、新しい相手に心変わりする可能性はいつだってある。だから物理的に心配しなくてすむ環境でいてほしい。

我ながらうんざりする本音だ。

「このあと、どうする?」

藤木の葛藤《かっとう》など知る由《よし》もなく、安達と店の前で別れると、園田は楽しそうに周囲を見渡した。まだ九時を少し回ったところで、ショットバーや立ち飲みの居酒屋に寄るのにちょうどいい時間帯だ。

「藤木君、飲み足りないんじゃない?」

「真啓さんがでしょ」

園田は案外酒が強い。

「俺はいいけど、真啓さんは明日もあるのに、いいの？」

「時間決まってないし、搬入経路の確認に行くだけだから」

「じゃあホテルで飲もうよ。コンビニ寄ってこ」

「いいね」

藤木のマンションはあまりに狭いので、園田が上京してくるときはいつも同じビジネスホテルに泊まっていた。

「俺、引っ越ししようかなあ」

コンビニで一緒に相談しながらあれこれ買い込み、ぶらぶらホテルのほうに向かう。園田が意外そうに藤木を見上げた。

「場所いいから気に入ってるんじゃなかった？」

「そうなんだけど、真啓さんに泊まりにきてほしいし」

園田が東京にいる間はずっと一緒にホテル泊することにしているが、やはりホテルは味気ない。ここしばらくは園田がイベント関連で忙しくて夜しか会えていなかったからなおさらだ。

「もうちょっと広いとこに引っ越したらゆっくり泊まってってもらえるんだけどな。便利さ捨てて通勤地獄を覚悟するか、耐震基準ぎりぎりクリアしてるような古代物件にチャレンジするか」

「東京は家賃高いもんね」

隣を歩いている園田の手の甲が、藤木のコンビニ袋を持った手をちょんちょんとノックする。まだ園田のほうからこんなことをしてくれるのがなんだか不思議だ。藤木はいそいそ袋を持ち換えて園田の手を握った。

「そういえば、三上…って、さっき同窓会の話に出てきたベンチャー行ってる友達だけど、三上は彼女と同棲《どうせい》してて、それぞれ会社の家賃補助使って折半《せっぱん》してるんだって。確か、杉並の1LDKって言ってた」

同棲、という言葉が園田の口から出て、藤木は内心どきっとした。こっち出てくるように背中押してよ、という安達の言葉が頭を過《よぎ》る。

引っ越ししようかと考えたとき、藤木は当然「真啓さんと暮らせたらな」と夢想《むそう》した。夢想はしたが、すぐ別の心配が浮かんで打ち消した。

園田が上京してきたら、きっと自分は彼の周囲に常に目を光らせ、ささいなことに過剰反応し、そしてそれを気取《けど》られないように取《と》り繕《つくろ》うはずだ。考えるだけで疲れてしまい、そんな自分にうんざりする。

「1LDKなら二人で暮らしてもちょうどいいね」

願望と不安が綱引《つなひ》きをしていて、心の中が忙しい。

「僕はホテルも旅行してるみたいでけっこう楽しいよ」

救いは、園田が藤木の葛藤にはまったく気づいていないことだ。

「そう?」

「そうだよ。藤木君と泊まれるの、すごく楽しい」

朗《ほが》らかな声で言って、園田が手を握り直してきた。じんわりとした幸福感がこみあげる。

心配したり、自己嫌悪したり、心はいろいろ忙しいが、それも結局好きな人とこうしていられるからこそだ。

恋人とコンビニで買い物をして、手を繋《つな》いで歩いている。

「あー幸せ」

実感のこもった声が出て、園田が小さく噴き出した。

2

ホテル泊にもすっかり慣れて、次の朝、さっさと荷物をバッグに詰めると、藤木《ふじき》はチェックアウトしてその足でイベント会場の下見に向かう園田《そのだ》について行った。

「ほんとにいいの?　つまんないよ?」

「真啓《まひろ》さんと一緒にいてつまんないとかないよ」

今日は念のための下見で、園田一人だと聞いた。それならついていく一択だ。

電車を一度乗り換えて、目的の商業施設には昼前についた。アウトレットや緑地帯のある郊外型のショッピングエリアだ。家族連れが多いが、シニアや若いカップルも目につき、ショップもバラエティに富んでいる。

「それなに？　地図？」

「うん。地図っていうか、見取り図」

園田はイベント会場の中庭を一回りしてから警備員室で許可証をもらい、搬入《はんにゅう》経路や業者の運搬動線《うんぱんどうせん》を確認していた。

「え、すごい」

「そう？」

オープンカフェでランチを取って、食後のコーヒーを待っている間に園田はタブレット端末《たんまつ》を出した。ペンで会場の見取り図を書き始めたので驚いた。

「地図とか見取り図とか、手書きのほうがわかりやすいんだよ」

そういえば、菅原《すがわら》スチールにいたころもよく地図を書いてくれた。マップ検索すればいいだけなのに、と他のことでは効率のいい園田のすることに首を傾《かし》げていたが、園田の書く地図はよけいな情報がなく、逆に道の狭さや信号待ちの長い交差点などの注釈がついていて、抜群《ばつぐん》にわかりやすかった。さすがだなと感心したことを思い出す。

「倉庫の写真、撮ってくれたよね。出入り口のところ、こっちに送って」

「はい」

業者に配布するつもりのようで、搬入経路に番号を振っていき、写真もつける。これなら迷って無駄な動きをする業者はいないだろう。

「さすが」

つい口に出してしまい、園田が苦笑した。

「すぐそうやって持ち上げる」

「いや、本当に。勉強になります」

もう、と笑っている園田は確かに特別仕事熱心というわけではない。今日も下見をしたのはほんの一時間ほどで、見取り図もコーヒーが来る間に書いてしまった。それを各業者にメールで送り、さらに安達《あだち》に作業報告として同じものを添付《てんぷ》して送った。

「終わり」

軽やかにタブレットをバッグに滑り込ませるともう切り替えて、園田はコーヒーカップをのんびり手に取った。

「もっと時間かかるかなって思ってたけど、こんな早く終わるんだったらやっぱりついてきてもらってよかったな。つき合ってくれてありがとう」

「どういたしまして」

それで仕事は片付いて、夕方までぶらぶらとモールでデートをした。

「真啓さん、やっぱりその眼鏡似合うね」

アウトレットであれこれ見ていて、藤木はショーウィンドウに映る園田があまりに自分の好みすぎて今さらながらときめいた。

え？　とはにかんでから、園田は眼鏡のフレームに手をやった。

「そりゃ、藤木君が選んだから」

「俺って本当にセンスいいよなあ」

園田がずっと使っていたなんの変哲《へんてつ》もないスクエアフレームも気取っていなくてよかったが、今園田がかけているのは少しデザイン性の高いものだ。園田の誕生日に一緒にアイウェアのセレクトショップに行って、フレームは藤木が選んでプレゼントした。それから園田はいつもその眼鏡をかけてくれる。

「おしゃれすぎて最初ちょっと気が引けたんだけど、かけてると慣れるね」

「めちゃめちゃ似合ってるよ。あ、でもコンタクトしてもいいからね？」

「冬はレンズが曇《くも》るからそうするよ。けど眼鏡のほうが楽は楽」

髪も、東京に出てくるついでに藤木の行きつけのヘアサロンで切るのでぐんと垢《あか》ぬけた。もともとあまり外見に気を使うほうではなかったから変化が著《いちじる》しい。

「うーん…」

「なに?」

「外でこうやって見ると、あまりに俺のストライクゾーンど真ん中過ぎて」

ええ? と照れて笑うと頬にえくぼができる。

「あー、やば」

「なに?」

「好みすぎてやばい」

外見も好みなら中身も最高で、こんな人をよく落としたな、と自分に驚いてしまう。

「そんなに眼鏡が好きなら自分も伊達《だて》眼鏡かけたらいいのに」

園田自身のことを言っているのに、眼鏡のことだと誤解しているのも彼らしい。

「目の悪い人がかけてるからいいのであって、ファッション主体の眼鏡は邪道《じゃどう》なんだよ」

「そうなの?」

「そうだよ。あくまでも視力矯正《きょうせい》器具ってとこがいいの」

持論《じろん》を語るとおかしそうに笑っていて、こんなデートが楽しい。

新幹線の時間ぎりぎりまであちこち寄って、夕方東京駅まで送って行った。

「また来週ね」

「うん。それでイベント終わったら、GW後半どこか行こう」

レストラン街で軽く夕食を食べ、改札まで並んで歩く。

「どこか行きたいとこある?」

「僕はどこでも、藤木君の行きたいところに行こう」

実はすでにいくつか候補をピックアップしていた。さっそく遠出プランと近場プランを脳内で比較検討していると園田が「ごめんね」と謝った。

「え? なに?」

「いつもそういうの、任せっぱなしで」

「なんでよ。むしろ俺につき合わせて悪いなって…まあ、あんまり思ってはないけど」

園田が声を出さずに笑った。

「インドアだもんね、真啓さん」

「うん。僕は出歩くのが嫌いで、変化も嫌いで、だからいろんなイベントも嫌いだった。家でじっとしてるのが好きなんだよね。そんなだから、親しい人が周りからいなくなるのがあんなに怖かったのかもしれない」

園田の口調が少し気《け》だるくなった。

「寂しがりのくせに、自分から行こうとしなかったし」

傲慢《ごうまん》だよね、と呟くように言って、園田はいつも使っている肩かけのリュックを揺すり上げた。

「だから今はこうやって、毎週上京する口実作って、藤木君に会いに来てる」

「口実なんかいらないのに」

「うん。でも、なんとなくね」

このごろ園田はよく自分の気持ちを分析するようなことを口にする。自分の中になんでも抱え込んでしまいがちな彼が、繊細《せんさい》な部分を打ち明けてくれるのが嬉しかった。

「俺だって、毎週真啓さんに会いに行こうって思ってたのに」

「藤木君が来てくれるのはもちろん嬉しいけど、僕が自分で会いに行くっていうのが大事なんだよ」

園田が妙に生真面目《きまじめ》に言った。

今まで自分の殻《から》の中に閉じこもっていた彼が、自分の意思で外に出て行こうとしている。喜ばしいことのはずなのに、園田が手の届かないところに行ってしまいそうで少し不安になった。

「来週のイベントで一区切りで、…そのあと安達さんの依頼どうするか、もう決めた？」

「うーん、手伝うのはいいんだけど、安達さん独立視野に入れてるみたいだから、ちょっとね」

園田を右腕としてスカウトしたい、という安達の目論《もくろ》みはだいたいわかっているようだ。

改札が近くなり、人の流れが増えてきた。園田が足を止めた。

「ここでいいよ。また来週ね」

「うん、また来週」

小さく手を振って、園田が人混みに消えていく。藤木はしばらくそこに立ち尽くして園田を見送った。

遠距離は苦手、と泣きそうになっていた園田を思い出すと、別れ際にはいつも背中を追いかけたくなる。

上京して、一緒に暮らさない？

もしそう言ったら、園田はなんと答えるだろう。

園田の姿が見えなくなって、不安と願望の綱引《つなひ》きに決着がつかないまま、藤木もゆっくり歩き出した。

3

瞬《しゅん》、と聞き覚えのある声が藤木《ふじき》を呼んだ。

「ねえ、瞬じゃない？」

聞こえないふりをしたかったが、その前に肩を叩かれた。藤木はしかたなく振り返った。

「来てたんだぁ」

つるっとした童顔が笑顔満開で立っている。職業柄の派手な金髪や耳の三連ピアスもあいまって、御浜《みはま》はとても同じ年には見えない。

「もしかしたら会えるかなって思ってたんだよねー」

語尾を甘く伸ばすのが御浜の癖で、つき合っていたときはさほど気にならなかったが、今となっては少々耳障《みみざわ》りだ。

金曜の夜、男しかいないバーは大盛況《だいせいきょう》だった。今日はこの店の十周年で、ドリンク半額につられた新規客とご祝儀《しゅうぎ》に高いボトルを入れる常連で混み合っている。藤木も常連仲間から誘われ、最近すっかりつき合いが悪くなっている自覚もあって顔を出すことにした。

「瞬、一人？」

「あとから友達が来るけど」

「じゃあそれまでちょっと話しようよ」

ぐいっと腕をつかまれてしまい、振り払うほどのこともないのでまあいいか、で御浜とフロアを移動した。

広い店内のどこにどういう席があるのか、学生時代から通っていたので藤木も御浜もよく知っている。入って右奥のボックスシートはその夜の相手を探すにあたって軽く相性を確かめ合えるブラックシート、左側が健全な語らいのスペースだ。

大音量のダンスミュージックを浴びながら通路の人をかき分けて進み、御浜が左側に空いているシートを見つけて滑り込んだ。

「何飲む？　ボトルシェアする？」

「ビールでいい」

店の注文アプリで御浜がまとめてオーダーすると、すぐ制服のボーイが運んできた。

「今日は奢《おご》るよ」

「いい」

ビールグラスと引き換えに札《さつ》を出すと、御浜はちょっと白《しら》けた顔をしたが、それじゃ、と素直に受け取った。

ほとんど照明の届かない通路の向こうと違って、こちらはミラーボールの光がまんべんなくあたる。

「乾杯」

藤木のグラスも、軽く当ててくる御浜のグラスもぎらぎらと彩色《さいしょく》されていて、ほんの少し懐かしさがよぎった。

御浜とは、菅原《すがわら》スチールに出向《しゅっこう》になる半年ほど前までつき合っていた。

もとは同じ大学の学生で、二年のときにゲイバーでばったり会ってからちょくちょくつるむようになり、ずっと「顔見知り」くらいのポジションでいたが、藤木がいつも相手の浮気で別れるのを見聞きしていて、おれはこう見えて一途《いちず》なんだよ、と嘘八百で口説《くど》いてきた。仕事でストレスがかかっていたのと、つき合っていた男とまたしても相手の浮気で別れたのが重なった時期だった。

そして結局、御浜とも同じ理由で別れた。

「それにしてもずいぶん顔見てなかったよねぇ。二年ぶりくらい？　どっか地方に行ってたんだよね？」

「出向で、去年の年末に戻って来た」

「ふーん、おれも店舗異動になってさ、売り上げきついんだよ今の店。今度来てよ」

御浜は学生時代からバイトをしていたアパレルショップで働いている。

「ちょっと安くするからさ」

「行かねえよ」

「えーなんでぇ、冷たいなー」

別れるとき、自分が浮気したのを棚に上げて暴言を浴びせかけたのを忘れたような言い草だ。呆れたが、不思議に腹は立たなかった。今さらだというのもあるし、完全に興味をなくしているからというのもある。

「瞬は彼氏ができてからつき合い悪くなったって評判だよ」

「だろうな」

「紹介してくれないの？　彼氏」

「なんでおまえに紹介なんかしなくちゃなんねえんだ」

「えっ、ほんとに冷たーい」

御浜が不満げに口を尖らせる。

「よっちゃんにはいろいろ話してたくせに」

「友達には報告くらいすんだろ」

「おれはもう友達でもないいんだ？」

「は？」

どの口が言うんだ、とさすがに少し腹が立った。

一度や二度の浮気でぎゃーぎゃー責めるとか本当につまんねえ男、と吐き捨てて、他にもあらん限りの罵詈雑言《ばりぞうごん》を投げつけてきたのは忘れ去ったらしい。同じレベルに落ちたくなくて言い返しもせず「なら別れよう」とだけ告げたせいか、御浜のほうはやり直せると踏んだようで、そのあとちょくちょく接触を図《はか》ろうとしてきた。もちろんぜんぶシャットアウトしたが、だいぶ凹《へこ》んでる、というのは共通の友人を介して聞いてはいた。

「よっちゃんから聞いたけど、瞬の好みど真ん中なんだって？　眼鏡の似合う地味顔君」

「地味じゃねえよ」

気色《けしき》ばんだ藤木に、御浜がわざとらしく首をすくめた。

「あんな惚れ込んじゃって、また浮気でもされたら立ち直れないんじゃねーのって心配してたよ？」

「大きなお世話だ。つか真啓《まひろ》さんは浮気なんかしねえし」

「真啓っていうんだ」

「呼び捨てすんな」

ぽんぽん言葉の応酬《おうしゅう》をしていると、まあこういう気楽な感じは悪くなかった、と藤木はビールを一口飲んだ。それに、自分の貞操《ていそう》観念が一般のゲイより厳しいという自覚はある。酔っ払ってついホテルついてっちゃったけど魔が差しただけだから許して、もう絶対しないから、と最初は御浜も真剣に謝っていた。にべもなく拒否されて、御浜もそれなりに傷ついたんだろう、と今ならそう考えることもできる。

「ふーん…」

写真くらい見せてくれてもいいじゃんか、とぶつぶついうので、自慢の真啓さんフォルダを表示させて見せた。

「なんだよ、ふーんって」

「確かに瞬の好みど真ん中だなって。てか、このタイプ好きなら確かに極上だな…」

「その上頭がよくて性格もいい」

「最高じゃん」

白けた顔で棒読《ぼうよ》みする御浜に、「その通り」と胸を張った。

「それで浮気されないかって不安なんだね?」

図星だろ、というように得意げに言って、御浜がスマホを返してよこした。

「だから真啓さんは浮気なんかする人じゃないんだって」

「でもよっちゃんに相談してたじゃん。電話してんの横で聞いてたんだよ」

「盗み聞きとかしてんなよ」

「だって、気になるじゃんか」

吉川《よしかわ》に何を話したっけ？　と記憶をたどった。

確か、つき合いが悪くなったなと冗談半分に責められて、彼氏が毎週会いに来てくれるから、とのろけ半分に言い訳をした。

「俺には釣り合わない人なんだってずいぶん弱腰だったじゃん。声洩れてて聞こえちゃったよ」

「どうせ聞き耳たててたんだろ」

それに、あれは弱腰ではなく、ただの本音だ。

こんなハイスペックな人が本当に俺の彼氏なのか、とつき合ってそこそこ経《た》っているのに、未《いま》だにときどき本気で驚いてしまう。

「瞬ってそんな自分に自信ないタイプじゃなかったのにな」

御浜が不満げにテーブルに肘《ひじ》をついた。

「その人がどんだけのもんかは知らないけど、瞬だって充分イケてるじゃんか。だいたい自分に自信のない男ってそれだけで魅力ないよ？　もっとばーんって押し出していかなきゃ」

「なにを押し出すんだよ」

「俺だってモテるんだってとこ。だいたい瞬は真面目すぎるんだよ。ちょっとは遊んだほうが魅力出るよ？」

見当はずれのおせっかいに辟易《へきえき》としたが、自信のない男は魅力がない、という意見には賛同せざるをえない。

「男は余裕あるほうが絶対いいもん。もしその気になったらおれに声かけてよ。瞬ならいつでもＯＫだよ！」

「かけねえよ」

冗談なのか本気なのかわからない御浜をあしらいつつ、藤木は「まあ一理あるよな」と自分を振り返った。

もともと自分が狭量《きょうりょう》だという自覚はある。心変わりされないか心配で、園田の周囲に誰も近づけたくないと思っている自分は、確かに男として余裕がなさすぎる。

園田は寛容なので大目に見てくれているが、いちいち「あれは誰？」「これはどういう人？」と詮索されるのは鬱陶《うっとう》しいはずだ。

「もっといろいろ頑張んねえとだな」

実力をつけて自分に自信が持てるようになったら、そんなくだらない心配はしなくなる。一緒に暮らそうよ、と自然に言える。

藤木は大きく息をついた。

臆病になるのが恋のせいなら、そこから奮起《ふんき》するのもまた恋のためだ。

4

最寄り駅から点々と続くフードフェスタ会場への案内立て看板に「終了・ありがとうございました」の最後のステッカーを貼り終えて、藤木《ふじき》はやれやれ、と大きく伸びをした。

三日続いたイベントの最終日、午後五時をもって終了のアナウンスが流れた。

地元野菜の販売ブースはほぼ空《から》になっているが、まだ屋台からは食欲をそそる匂いが漂い、あちこちで飲み食いを楽しんでいる人の姿が目につく。

「ごめんな、すっかりボランティアさせちゃって」

終了のステッカーを貼った立て看板を目立つ位置に動かしていると、安達《あだち》が通りかかって声をかけてきた。

「助かったよ、ほんと」

「いえ、学祭みたいで楽しかったです」

「だよね？」

天気にも恵まれて、初日のご当地アイドルのミニライブから始まって、二日目三日目のスタンプラリーやビンゴ大会も予想以上の人が参加してくれて大盛況《だいせいきょう》だった。

どうせ暇だし、と園田《そのだ》の手伝いをしているうちに、藤木も気づくとスタッフジャンパーを着せられてあちこち走り回るはめになっていた。助かるよーと朗《ほが》らかに頼ってくる安達に、こうやって人を巻き込んでいくんだな、とイベント屋の本領を垣間見《かいまみ》た思いだ。

「また声かけるから、手伝って」

「ボランティアは気が進まないすね」

「上場《じょうじょう》企業の会社員はバイトできないんだろ？　でも藤木君、イベントスタッフ向いてるよ。いきいきしてた」

調子のいいことを言いながらそれじゃまたね、と安達が去って行き、入れ違いに園田がやってきた。

「お疲れ様」

人気の生フルーツソーダのカップを一つ手渡され、一緒に芝生広場の花壇に腰かけた。

「やっと終わったね」

園田がさすがにほっとしたように言った。

まだ会場の撤収《てっしゅう》作業が残っているが、それは屋台村や特設ステージをばらしたあとで、メインスタッフではない園田と藤木はノータッチだ。

「いっぱい手伝わせちゃって、ほんとごめんね」

「でも真啓《まひろ》さんとスタッフやるのは楽しかったよ」

夕暮れの風が少し冷たくなった。空はまだ明るいが、芝生広場でピクニックシートや簡易テントを広げていた人たちも片づけを始めた。

「明日から久しぶりに真啓さんちだね」

ＧＷ後半は園田の家に滞在して、そこから二人で出かける予定だ。

「家散らかってるけどびっくりしないで」

「ずっと真啓さん忙しかったもんね。俺が片づけるよ」

カレンダー上では明日は平日だが、菅原《すがわら》スチールは工場が止まるので一週間丸々休みだし、藤木は有給を突っ込んだ。しばらく園田とふたり、ゆっくり過ごせる。

「瞬《しゅん》！」

そろそろ行こうか、と腰を上げかけたときに、数日前にも聞いた声が耳を打った。

嘘だろ、とそろっと振り返ると、金髪の童顔が小さく手を振っていた。ぎょっとした。御浜《みはま》だ。

「やっぱり瞬だー」

御浜は藤木を確認すると、小走りで近寄ってきた。唖然《あぜん》としてソーダのカップを取り落としそうになった。隣で園田も戸惑っている。

「な、なんで？」

「今日起きたらもう夕方でさ、またなんもしないで一日終わったーって絶望しかけてたんだけど、そういえば瞬がフードフェスタの話してたなって思い出して。検索したら、ギリ間に合いそうだったから来ちゃった。これで今日に爪痕《つめあと》残せた」

「なんだよそれ」

「瞬いるかなってぶらぶら探すの楽しかったぁ。本当に会えちゃったし！　運命！」

「友達？」

一人ではしゃいでいる御浜に、園田が遠慮がちに訊いた。ドラゴンの刺繍《ししゅう》が入った真っ赤なスタジアムジャンパーに穴だらけのユーズドジーンズの御浜は、園田には年齢も職業も見当がつかないだろう。

「友達っていうかぁ」

御浜がふふっと笑って、いきなりぴたっと身体を密着させ、腕を組んできた。

「瞬の元カレでーす」

「は？」

想定外すぎて、されるままになってしまった。

「実は俺はまだ未練たらたらなんだけど！　瞬はけっこうモテるんですよぉ」

やめろよ、と慌てて腕を振りほどくと、御浜はえー？　とわざとらしく口を尖《とが》らせた。

「せっかくこんな広いとこで会えちゃったのに」

いーじゃん、としつこく腕を組もうとしてくる御浜は、たぶん園田にやきもちを焼かせようとしている。からかっているのが半分、そしてもう半分は本当に応援してやろうと思っている

STAFF

のだろう。ありがた迷惑だが、御浜の案外お人好しなところを知っていて、わざわざ電車を乗り継いできたのかと思うと、きつく当たれなかった。

それに園田がこんな見え透《す》いた挑発に乗るわけがない。彼ならこのくらいのことはさらっと受け流す。

そのはずだ。

「そういうことはやめてくれますか」

凍るような冷たい声に、え？　とびっくりした。園田が心底不快そうに御浜をねめつけている。

「今は僕とつき合っているんで、目の前でそういうことされると不愉快です」

ぴしゃっと横面《よこつら》を張るような物言いに、思わず息を呑んだ。見るからに穏やかそうな園田に思いがけず反撃されて、御浜もたじろいでいる。

「え、きっついなあ」

御浜が半笑いで茶化《ちゃか》そうと試《こころ》みたが、冷たい一瞥《いちべつ》の前に不発に終わった。

「そんな、マジで怒んないでくださいよぉ」

「あいにく僕はこういうことを笑って流せるほど人間ができてないので」

「ちょ、ちょっとふざけただけじゃんか」

「人が真剣に怒ってるのを冗談でごまかさないでもらえますか」

もともと頭の回転の速い人なので、ほとんどかぶせるように言い返す。御浜がぐっと言葉に詰まった。

「それはすみませんでした！」

なんとかとりなそうとしたが、その前に御浜が捨て台詞《ゼリフ》で踵《きびす》を返した。

ずんずん去っていく御浜の後ろ姿を、園田が塩でも撒《ま》きそうな目で睨んでいる。こんな園田は初めてで、藤木はひたすらぽかんとしていた。

「真啓さん…」

手に持っていた空《から》になったソーダのカップを藤木のぶんも回収して、園田は無言でダストコーナーに向かった。

「待って、真啓さん」

プラのボックスにカップを投げ入れるとそのまま歩き出したので、藤木は慌てて追いかけた。

「ごめん、あの」

「さっきの、浮気で別れたって言ってた人？」

「え、あ、うん」

園田はたいていのことは軽くやり過ごす。内心どう思っていても、自分の中に抱え込んで表面上はいつも穏やかだ。それなのに、今は怒りを露《あら》わにしている。

「なんで呼んだの？」

「呼んでないよ。勝手に来たんだ」

「でも今日ここにいることは教えてたんだよね？」

「それは、話の流れで…」

「話っていつしたの？　会ったの？」

ゲイバーの十周年に行った、などと積極的に話したくなかったので伏せていた。かいつまんで話したが、園田の態度は軟化《なんか》しない。

モールの手前にある警備員室まで来ると、園田は首のＩＤカードを外した。

「お疲れ様です」

警備員室にいたスタッフに声をかけると、園田はスタッフジャンパーを脱いでＩＤと一緒に返却した。

「すみません、ちょっと急用ができたのでお先に失礼します。安達さんには改めてご連絡しますと伝えてください」

「了解です。お疲れ様でした」

「すみません、俺もこれで」

藤木も急いでジャンパーとカードを返した。園田はもう預けていた荷物を持って警備員室を出ている。

「真啓さん、待ってよ」

全身で怒っている、と表明している園田に、焦《あせ》るよりも驚きがおさまらない。

「ごめん、真啓さん」

早足で駅に向かう園田の後ろを追いかけて、藤木は懸命に話しかけた。

「本当に来るなんて思ってなくて。ていうか、そんなつもりで話してもないし。でも店行ったの黙ってたのはごめん。友達に最近会ってなかったし、ずっと通ってた店だったたし、十周年だから顔見せに来いよって言われて…隠してたわけじゃないんだけど、ゲイバーだし、真啓さんにはなんとなく言いづらくて」

返事どころか、こっちを見てもくれない。

本気で怒ってるのか、と戸惑い、どうしようと焦り、そしてなんともいえない感情が湧き上がってきた。

——真啓さんが、本当に怒ってる。

感情の起伏がほとんどなく、いつも口元に笑みを浮かべているのが藤木の中の園田のイメージだった。

明らかに揶揄《やゆ》まじりの御浜の挑発など、以前の園田なら相手にもしなかったはずだ。

「真啓さん」

園田は頑《かたく》なに返事をしない。改札を抜け、ホームに向かう園田の横に並ぼうとすると、ちょうど電車が着いたところのようで、人がどっと流れてきた。端に寄って人をやり過ごしてから急いで階段を上がり、ぎりぎりで電車に乗り込んだ。

「真啓さん」

ドアが閉まり、一度がたん、と車体が揺れた。

前にもこうして一緒にぎりぎりの電車に飛び乗ったことがある。

すぐ横で軽く息を弾《はず》ませている園田も、きっと同じことを思い出している。

地方赴任《ふにん》を終えて東京に帰ろうとしていたとき、諦めようとして諦めがつかず、園田が見送りに来てくれないかと泣きたい気持ちで待っていた。

どうしてふられたのか、なにが悪かったのかとずっと考えて、どうしても答えがわからず苦しかった。

なにもかもが上等で、自分にはもったいない人だとわかってはいたが、一度手に入れてしまったからどうしても諦めがつかない。

あのとき――園田は来てくれて、遠距離に耐えられない、と初めて生の感情をぶつけてくれた。

カーブで大きく車体が揺れ、園田がよろけそうになった。とっさに腕をつかんで支えてやろうとしたが、その前に園田は吊革《つりかわ》につかまった。

別れる別れないで揉《も》めたことはあっても、こんなふうに園田が怒るのは初めてで、藤木は途方に暮れたまま吊革のバーをつかんだ。暗い窓に映る園田の顔は平静だが、こちらには視線を向けてくれない。

電車を一度乗り換えて、いつも一緒に宿泊しているビジネスホテルに向かった。並んで歩こうとすると早足になるので、仕方なく少し遅れてついていく。

話しかけるのは逆効果の気がするが、黙っているのも不安で、「真啓さん」と「ごめん」を何回も繰り返した。園田は無言で、取り付く島もない。

それでもフロントからエレベーターに乗り込むとき、園田は藤木が乗るのを待ってからボタンを押した。上昇していく箱の中でそっと横顔を窺うと、唇を真一文字に結んでいる。

とにかく、目の前で扉を閉められることはなかったし、客室にも普通に入れてくれた。

「真啓さん」

ドアを閉めると、藤木は思い切って園田の腕をつかんで引き寄せた。一瞬抵抗したが、本気で嫌がってはいない。強引に自分のほうを向かせると、園田の頬がこわばった。

「――」

目を伏せて頑なにこっちを見ない園田は、下唇をちょっと突き出している。

睫毛《まつげ》がかすかに震えていて、突然藤木はわかってしまった。

園田は怒っているのではなく、拗《す》ねている。

もっと言えば、甘えてくれている。

「…真啓さん」

驚きがおさまると、胸にあたたかなものがいっぱいに広がった。

この人が、俺に甘えてくれている。

藤木が理解したのを園田も感じ取って、みるみる耳が赤くなった。可愛《かわい》くて、嬉しくて、どうしようもない。

「真啓さん」

また態度が硬化《こうか》しないように、藤木は抱きしめたい衝動を必死でおさえ、慎重に園田の背に手を当てた。

「――」

園田の睫毛が動いて、やっと目を見てくれた。目のふちが赤くなっていて、とてつもなく可愛い。

「うあ…」

我慢の限界がきた。

両手で園田の顔を挟んで口づける。頬にも額《ひたい》にもキスをしていると眼鏡がじゃまだ。

「……」

眼鏡を取るとき目を閉じた園田が、そっと目を開けた。ほんの少し潤《うる》んだ瞳に自分が映っている。

「――ごめん」

園田が小さな声で謝った。

「なんで謝るの？」

「子どもみたいに拗ねて」

恥ずかしそうな声と、身体をもたせかけてくる仕草に、一瞬どうしていいのかわからなくなった。

「あの人が藤木君のことを瞬、って呼んだのがどうしても許せなくて」

「え？」

照れくさいから、と園田は藤木がどんなに頼んでも下の名前は呼んでくれない。身勝手な発言に、藤木はつい笑ってしまった。園田は困った顔をして、結局つられたように笑い出した。

「真啓さんも瞬って呼んでよ」

「恥ずかしいよ」

照れた顔がたまらなく可愛い。

「え、あ…ちょっと、待っ…って」

全力で抱きしめて、そのままベッドに押し倒した。

「だめだ、止まらない」

今すぐ抱きたい。どうしても抱きたい。

シャワーとか待ってとか言うのをぜんぶ無視して全裸にして、めちゃくちゃにキスをした。

好きで可愛くて、反射的に抵抗しようとする動きをぜんぶ封じた。

「真啓さん、可愛い」

「か、…可愛く、ない…」

なんでこんなにすべすべしてるんだろうといつも思う。園田の肌はどこも滑《なめ》らかで、汗ばむと手の平に吸いついてくる。どんなに触っても飽きない。

「…っ、ん……」

夢中であちこちキスをしていると、園田の呼吸も速くなった。

「脱いで」

自分だけ裸にされたのが不満らしく、シャツの裾《すそ》をたくし上げ、ボトムのベルトに手をかけてくる。ちょっとでも離れるのが嫌で、園田の上に重なったまま片手で服を脱ごうとすると、焦《じ》れた園田が手を貸してくれた。

「――」

ぜんぶ脱いで抱きしめ合うと、興奮より充足感で息が洩れた。心臓の音が直接伝わって、自分と彼の境界が曖昧《あいまい》になる。

「真啓さん…」

愛情を欲望が追いかけてきて、大事にしたいのに性急に求めてしまう。

「もうしたい。していい?」

快感だけを与えてとろとろにしたい。

夢中にさせて他のことは考えられないようにしたい。優しくしたいし、甘やかしたいし、幸せにしたい。

「ごめん」

それなのに実際はぜんぜんだめだ。

彼より先に夢中になって、彼より先に欲望に溺《おぼ》れてしまう。身体中を貪《むさぼ》って、自分を受け入れさせることしか考えられなくなる。

「ごめん真啓さん、我慢できない」

返事の代わりに園田がぎゅっと抱き着いてきた。携帯用のパウチを切ってジェルを垂《た》らすと、園田もコンドームのパッケージを手に取った。

「――あ……」

探り当てたところを指の腹で撫《な》でると、わかりやすく声がとろける。

ここでの快感を知ってから、力を抜くのが上手くなった。痛い思いをさせたくないのに、園田が「痛いのがいい」と言うのについ甘えてしまう。

「真啓さん、平気…?」

片手でゴムをつけていると、まだ充分ではないはずなのに園田が自分で足を開いて腰を上げた。そんなふうにされると我慢がきかなくなる。

「――」

押し当てて、試すように先端を潜《くぐ》らせただけで快感が駆け上がる。

入れたい、中に入りたい。

この人を自分の欲望で満たしたい。

「いい？」

園田が肩に縋《すが》ってきた。

「う、ん……だい、じょうぶ……あ、…」

熱く締め付けてくる感覚に、息が弾《はず》む。

「は、――……」

園田の手が首に巻き付き、角度を合わせてきた。

「う、あ…あ、――…き、…藤木君……」

抵抗が弱くなって、一気に奥まで届いた。藤木は息を止めた。心から好きな人が、受け入れてくれている。

「真啓さん…」

薄く目を開いた恋人が、同じ感動を味わっているのがわかる。

「好き、…藤木君」

「うん」

何度も口づけをして、我慢できずにゆっくりと動き出した。馴染《なじ》んだ身体が同じ波に乗って快感を引き出す。

「は、は……っ、――あ、あ…」

徐々に激しくなる息遣いに興奮が募《つの》る。

心臓の音と呼吸、絡《から》ませた指からも愛情が伝わって、藤木はぎゅっと手を握った。

「ん、う――…」

高まっていくときの感覚も、身体のほうが覚えている。

中が細かく痙攣《けいれん》し、園田の喉《のど》がひくりと動いた。もうすぐだ。

頂点が見えてきて、スパートをかける。一緒に極みにいきたい。

「あ」

中がぎゅっと締まり、園田が背中を反《そ》らした。突き上げる快感が一点に絞《しぼ》られる。

「――あ、あ…っ」

ほんの一瞬、先に彼が達して、それに引きずられて藤木も熱を放った。

「――」

空白のあと、一気に崩れ落ちる。

一緒にシーツに墜落《ついらく》し、しばらく激しい呼吸だけを聞いた。

満ち足りて、たまらなく幸せで、藤木は圧《お》し潰《つぶ》した恋人の上からなんとか横に転がった。園田がすぐに寄り添ってくる。

「真啓さん」

抱き寄せると、園田がなにか言った。喘《あえ》ぎすぎたせいか声が掠《かす》れていてよく聞き取れない。

「なに？」

「ん…」

少しためらう気配がしてから、瞬、と小さな声がした。

びっくりして見ると、園田の目のふちが赤くなっている。

「――だめだ」

今したところなのに、もう欲しい。

次こそ優しくする。彼の気持ちいいことだけをする。

おおいかぶさってくる藤木に一瞬目を見開いたが、園田は背中に腕を回してキスに応じてくれた。

5

新幹線から在来線に乗り換えると、懐《なつ》かしい景色が見えてきた。なだらかな山並みを背景に、果樹園が続く。

「林檎《りんご》の花ってやっぱりきれいだな」

新緑に鮮《あざ》やかな白が眩《まぶ》しい。

二人掛けシートの窓際に座った園田《そのだ》も外に目をやった。

「やっぱり僕は、東京よりこっちの方が向いてる気がするな」

園田がなにげなく言った。

「東京は、なんか疲れる」

「安達《あだち》さんの話、どうするか決めた？」

「断る」

もうちょっと考えてみようかな、くらいの答えを予想していたので、すぱっとした返事に少し驚いた。

「そうなの？」

「うん」

園田が小さくあくびをした。昨日あまり寝かせてあげられなかったもんな、と内心で反省する。

「みんな二言目には田舎《いなか》にくすぶってるのはもったいないって言うけど、もったいないかどうかは僕が決めることだし、田舎にいるのをくすぶってるって決めつけるのもなんか違うよね？」

「まあ、そうかな」

園田がシートに深く座り直した。

「僕はそんなに仕事好きじゃないし、野心もないし、刺激のないところで毎日同じことして暮らすのが性《しょう》に合ってる。で、たまに藤木《ふじき》君が連れ出してくれるのにくっついてくらいがちょうどいい」

「そっか…」

うん、と園田は眠そうにまたあくびをした。

園田の結論にほっとして、ほっとした自分が少々残念だった。

「なに?」

「俺、真啓《まひろ》さんと一緒に暮らしたいなと思ってたんだけど、真啓さんが東京出てきたら誰かにとられそうではらはらするなとか考えて、なんていうか、そういう自分の器《うつわ》の小ささがなんか嫌」

園田が笑った。

「僕もだいぶ器小さくなったと思う」

「真啓さんが?」

「好きな人には器小さくなるんだよ、きっと」

「あー、そうかも」

電車の揺れに眠気を誘われたように園田が目を閉じた。もたれていいよ、と合図すると眼鏡を外し、素直に身体をもたせかけてくる。

「ひとまず俺は、もうちょっと広いとこに引っ越しするよ」

もう眠りかけている園田に、藤木は半分独り言で呟いた。

「いつでも真啓さんが泊まりに来れるように」

「東京」

もう寝たのかな、と思ったときに園田が口を開いた。

「ん?」

「遠くないね」

園田が目を閉じたまま言った。

「ぜんぜん遠くない」

いつでも会いに行けるし、会いに来てくれる。

肩に感じる重みが大事で、藤木は恋人が寝入るまでじっとしていた。


窓の外に満開の林檎の花が流れていく。

あとがき

AFTERWORD

―安西リカ―


こんにちは、安西《あんざい》リカです。

いつも応援して下さる読者さまのおかげで、ディアプラス文庫さんから二十七冊目の本を出していただけることになりました。いつも本当にありがとうございます…！

二十七冊の中にはさすがに少し毛色の変わった話もあるのですが、だいたい現代日本のごく普通の人たちの話を書いていて、今回も現代日本の年下攻の話です。

わたしは同じ年の二人の話が好きでよく書くのですが、その次に好きなはずの年下攻はあんまり書いていないなあと気づきまして、俄然《がぜん》書きたい欲が高まりました。

年下攻の場合、受に必死でアピールするところがわたしの萌《も》えでして、拙著《せっちょ》の年下攻はだいたい出会ってすぐ好きになり、最初から最後まで押しまくる感じになります。

ディアプラスさんから出していただいた年下攻の過去作品は「好きって言いたい」「ビューティフル・ガーデン」「舞台裏のシンデレラ」「ふたりのベッド」「彼は恋を止められない」の五冊（「バースデー」も一応年下攻なんですが、こちらは年下攻というよりちょっと特殊な関係性なので除外しておきます）になります。

年下攻がお好きで今回の話を気に入ってくださいましたら、ぜひそちらもお手に取ってみてください。

イラストの暮田《くれた》マキネ先生、かわいいふたりをありがとうございました。ラフのときから「わたしのこの地味な話に…？」と恐縮しながらときめきました。本当にうれしかったです。

いつも的確なご助言《じょげん》をくださる担当さまはじめ、関わって下さったみなさまにもお礼申し上げます。たくさん助けていただき、感謝しかありません。

そしてなによりここまで読んで下さった読者さま。これからもマイペースで好きなものを書いていきたいと思っていますので、どこかでお見かけの際にはよろしくお願いいたします。

今回もページ配分の都合でこのあとさらに掌篇《しょうへん》がございます。

この掌篇は、本当は販促用として書いたものなのですが、書いてみてこれは文庫に入れたいなと思い、担当さまにお願いして入れていただきました。

こちらもおつき合いいただけたら嬉しいです。

安西リカ

新しい部屋

話があるんだけど、と園田《そのだ》が急に深刻な顔で切り出した。

「なに？」

ハンドドリップしたコーヒーをカップに注《つ》いでいた藤木《ふじき》は、どきっとして振り返った。

園田はキッチンテーブルで居住まいをただして藤木がコーヒーを運んでくるのを待っている。知らない人が見たらここは藤木の家だと思うだろう。

遠距離でつき合うようになってそろそろ一年が過ぎ、関係はすっかり安定していた。

少し前ならこんなふうに「話がある」と改まられたら、まず脳裏《のうり》を過《よぎ》るのは「他に好きな人ができたのか」だっただろうが、今はそんな心配はしなくなった。それでもなんの話だ、と緊張はする。

「えーと…、引っ越し、のことなんだけど」

コーヒーカップを園田の前に置いて自分も座ると、園田が言いづらそうに切り出した。

「引っ越し？　俺の？」

園田が上京してくるときにゆっくり滞在できるように、藤木は今住んでいる極小ワンルームから少し広めのところに引っ越しするつもりで準備していた。かなり苦戦したが、その甲斐《かい》あって条件の合うところがやっと見つかり、手付《てつけ》も払った。来月には引っ越しをする。

「今度のマンション、真啓《まひろ》さんも気に入ってくれてるんじゃなかった？」

「そうなんだけど、東京は家賃高いよね」

園田が妙にそろっと今さらなことを言い出した。

「まあ、そりゃね。でも家賃補助もあるし、給料もまあまあ貰《もら》ってるから心配しないで」

「うん、藤木君の経済力を心配してるわけじゃないんだけど、その、もったいないかな、とちょっと思って」

いつになく歯切れが悪く、そして言い訳がましい。

「実は、…都内にいい物件があって。僕でも手が出る価格で売り出されてるんだ」

「もしかして、買うの？」

園田が投資で稼《かせ》いでいるのは知っているから購入自体はさして驚かないが、園田は祖母の遺《のこ》したこの家を気に入っていて、さらに東京は水が合わない、と再三《さいさん》口にしていたはずだ。

「うん。それで住むのは藤木君…ってだめかな」

「俺が？　真啓さんの買ったマンションに住むの？」

それはさすがにどうなんだ、と声が大きくなった。

「この前、なんとなく物件情報検索してたら、昔親と住んでたマンションが出て来てね」

藤木の反応に、園田が慌てたように早口になった。

父親の仕事の都合で引っ越しばかりしていた園田が、中学に入る直前まで両親と住んでいたマンションだという。

「アクセスがよかったからだと思うんだけど、珍しく長めに住んでたんだよね。二年半くらいいたのかな。日当たりよくて、公園も近くにあって、築年数はそれなりだけど、ほんとにいい物件だなと思って…ファミリータイプだから広すぎるかもしれないんだけど」

だんだん声が小さくなる。

「すごい偶然だなって、間取り見てたら懐《なつ》かしくなっちゃって」

園田が考えていることが、やっとわかってきた。場所を訊くと、確かに便利なところにあって、引っ越し予定のマンションより通勤のアクセスもいい。資産価値を考えても悪くない物件だ。

「ごめんね、だめだよね」

恋人の買ったマンションに住むのは、藤木の感覚ではナシだ。

「いや、いいかもね」

でも恋人の希望ならアリにできる。

「いいの？」

目を伏せていた園田がぱっと顔を上げた。

「その代わり、家賃は今度借りるつもりだったとこと同じでいい？」

わざと気軽に応じると、園田の頬がみるみる紅潮《こうちょう》した。

「家賃なんかいらないよ」

「いや、それはだめ。ちゃんと払うよ」

彼が住まいに対して愛着を持ちがちなことは知っている。両親とあまり過ごせなかった園田が、そこでの思い出を大事に感じているであろうことも、今となっては誰より理解できているつもりだ。

「じゃあ、決めてもいい？」

「だって俺にマイナスなことってなにもないじゃん」

「ありがとう、嬉しい」

園田はときどき子どものような顔をする。

「泊まりに行くの楽しみ。懐かしいな」

そこでの暮らしが、また彼の大事なものになるように。

藤木は少しぬるくなったコーヒーを一口飲んだ。

いつでも彼の一番の理解者でいよう。

この本を読んでのご意見、ご感想などをお寄せください。
安西リカ先生・暮田マキネ先生へのはげましのおたよりもお待ちしております。

〒113-0024　東京都文京区西片2-19-18　新書館
[編集部へのご意見・ご感想] 小説ディアプラス編集部「別れる理由」係
[先生方へのおたより] 小説ディアプラス編集部気付　〇〇先生

- 初出 -
別れる理由：小説ディアプラス23年フユ号（Vol.88）
彼のいる場所：書き下ろし
新しい部屋：書き下ろし

[わかれるりゆう]
別れる理由

著者：安西リカ　あんざい・りか

初版発行：2024年1月25日

発行所：株式会社 新書館
[編集] 〒113-0024
東京都文京区西片2-19-18　電話（03）3811-2631
[営業] 〒174-0043
東京都板橋区坂下1-22-14　電話（03）5970-3840
[URL] https://www.shinshokan.co.jp/

印刷・製本：株式会社 光邦

ISBN978-4-403-52590-2